勇者ですが異世界でエルフ嫁とピザ店始めます
I am a brave man
but I start a pizza shop
with an elf bride
in a different world
城崎火也
illustration シソ

カイト
エルフ嫁と一緒に
ピザ作り

リリア
「じゅる」

リリアが盛大によだれをすすった。そして、慌ててカイトを見た。

「はっ……すいません！すごく美味しそうで！」

「これ、まだ食べられないからね？落ち着いてね？」

「……ふん、これがピザか」
エレオノーラは
険しい表情で腕組みをし、
厳しい目でピザを睨んでいる。
エレオノーラ

「もしかして……彼女が例の
エレオノーラ女王？」
カイトは小さく
そう口に出していた。
女王様にデリバリー

殺気
大市場でお買い物

「……
「大丈夫ですか？」
「う……」
うわ……綺麗な子だなあ。
そう思った瞬間、カイトは少女が
えらく薄着なことに気づいた。
豊満な胸元は半分ほど
見えてしまっているし、
薄い着衣から体温や肌の柔らかさが
しっかり感じられてしまう。
そのとき、カイトは
ふっと殺気を感じた。
目を上げると、リリアがじっと
こちらを睨んでいた。
サーシャ

CONTENTS

I am a brave man but I start a pizza shop with an elf bride in a different world

ダッシュエックス文庫

勇者ですが異世界でエルフ嫁とピザ店始めます

城崎火也

「はあ、お腹すいた……」

カイトは空腹のあまりため息をついた。仕事が忙しすぎて、朝食にバランス栄養食のバーをかじったきりだ。

「つらい……お腹減った、つらい……」

空腹のあまり、虚ろな目になってしまう。頭は朦朧としているのに、足だけはせかせかと競歩の選手のように素早く動く。

「何食べよう……ラーメン、カレー、牛丼、ハンバーガー……」

そのとき、こちらに向かって走ってくるピザのデリバリーバイクが目に入った。

今一番人気のピザ店のマークが描かれている。

「ああ、ピザもいいな……ピザ、ピザ――」

気づいたときには、まったく速度を緩めないデリバリーバイクが目の前に迫っていた。

「ピッ……」

それがカイトの発した最後の言葉になった。

ブレーキをかけずに突っ込んできたピザのデリバリーバイクに撥ねられ、カイトは宙を舞った。

*

気づいたときには、カイトは天上の美しい城にいた。

周囲には白い雲が漂い、白銀に輝く床が広がる広間には、一人の女神がいた。

女神——もちろん、そんなものを見たことはない。

だが、恐らくそうであろうと思わずにはいられない神々しさが彼女にはあった。

きらきらと光る白銀のローブ、床に届こうかという輝く金色の髪。

一見、人のように見えて、明らかに異質な存在だった。

「あの……俺……」

「よく来ましたね。こちらへどうぞ」

女神に誘われて進んでいくと、シンプルなパイプ椅子を勧められた。天上の城にはあまりにも似つかわしくない代物だ。

「座って」

「あ、はい……」

パイプ椅子は腰掛けるとギシッと軋んだ。

女神は真ん前にあるデスクの席に腰掛けた。こちらはマホガニー製っぽい重厚な作りのデスクで、明らかに格が違う。さしずめ社長のデスクとバイトの椅子だ。

女神と向かい合ったカイトはデジャブに襲われた。

これ……就職の面接っぽくないか？

何もかもが非現実的だというのに、ここだけ妙にリアルだ。

「あの……」

「カイト、あなたは事故で死にました。覚えていますか？」

「えっ……」

死んだ……？

カイトは改めてきょろきょろと辺りを見回した。やはり真っ白い天上の城の大広間が広がっている。

確かに、ここは現実とは思えない場所だ。

「あの、これは夢じゃ……」

「いえ、あなたは死にました」

女神がにべもなく言う。

死んだ……本当に？　まったく現実味がないけど？

混乱しているカイトをよそに、女神がさっと分厚いファイルを取り出してくる。

「あなたは転生して勇者となり、その世界を救うという使命があります」

「は？」

「よって、今から手続きを行います」

「ちょっと待ってくださいよ！」

まだ自分が死んだという自覚もないのに、そんな事務的な!!

だが、カイトの抗議など聞こえなかったかのように、女神はさっさとファイルをめくりだした。

「あの、転生して勇者って……」

何そのゲームみたいな設定。戸惑(とまど)いながらも、わくわくするのが隠せない。

きっとこれ、夢だよな。だったら、楽しく遊ぶのもいいかも。

「今なら三つの勇者から選べます。それぞれに初期装備や必要アイテムがつきます」

「ほ、ほう……」

これまで淡々と話していた女神が立ち上がると、高らかに宣言した。

「まず一番目は茨(いばら)の騎士団、聖なる薔薇騎士(ホーリー・ローズナイト)の勇者です！　邪悪な魔女が率いるモンスター軍団と戦い、茨の国の姫と民衆を助け、世界を救おう！」

女神が手にしたメモを読み上げる。

「初期装備として『聖なる薔薇騎士セット』（茨の剣、茨の盾、茨の防具セット、回復薬など）がつきます」

「おおっ、剣士タイプの勇者か――。いいよなあ。剣をふるって戦うってかっこいいよなあ」

華麗な剣技を披露して、モンスターを倒す自分を想像してカイトのテンションは上がった。

「二番目は嵐より生まれし稲妻の勇者！　雷士の魔術師！　古き世界から闇の魔術師たちが蘇った!!　恐ろしい魔術に脅かされている世界を救おう！　『雷の勇者セット』（雷撃の杖、ローブセットなど）」

「魔法を使うのも楽しそうだな。複雑な呪文を高速詠唱し、凄まじい魔法攻撃を繰り出すとかやりたいなあ……」

長いローブを優雅に翻し、巨大な魔方陣を召喚して雷撃で敵を倒す自分を想像して、カイトは思わずうっとりとした。

「そして最後はハイカロリー勇者です！　野菜が中心で、粗食を旨とするエルフの国を美味しいピザで救おう！　初期装備は『ハイカロリーセット』（エプロン、小麦粉、天然酵母、チーズなど）です」

「はあ？　ピザで世界を救う？　ハイカロリーって……何、このアホみたいな勇者……」

カイトは呆然とした。

「……一つだけ変なのが混じってるんですけど。なんですかハイカロリー勇者って」

「さあ、どれにする？　さあ！　選びたまえ！」

「無視ですか」

「さあ！　さあ！　さあ！」

女神はさっさと手続きを終わらせたいらしい。身を乗り出して、ガンガン選択を迫ってくる。なんかもう、夢じゃないっぽいんだけど気のせいだろうか。

「わかった、わかりました！」

ハイカロリー勇者は問題外として、1と2はどちらも魅力的だ。剣をふるってモンスターを倒す剣士になるか、魔法を駆使して敵を倒す魔術師コースか。

うーん、どうしようかな。

ゲームをやるときも、いつも職業を迷うんだよなー。剣士タイプがスタンダードでかっこいいけど、強力な魔法を使うのも楽しいし。

「……早く決めろ。後がつかえてるんだ。てゆーか、早く帰りたいんだよ」

苛立(いらだ)ってきたのか、女神の口調が変わってきた。ちょっと怖い。

「えっ、あっ、ちょっと待ってくださいよ。えっと……」

急に勇者に転生って言われても、てきぱき選べるわけないだろ。第二の人生がかかっているんだ。

せっかちな女神だな。それと、苛々とデスクを指でコッコツ叩くのはやめてくれないかな。ため息をつかれるのも気が散ってしょうがないんだが。

そのとき、デスクの上の電話らしきものが鳴った。なんで電話があるんだ。

女神が受話器をすちゃっと取る。

「ああ、うん、そうなの。こっちはまだグズグズしててさー。——えっ、あっ、そうなの？　わかった」

電話を切ると、女神がすくっと立ち上がった。

「1と2は貴様が迷っている間に他の人間が選んだ」

「えっ」

「つまり、貴様は自動的に3の勇者になる」

「えっ……。3ってあの変なピザの勇者のこと!?」

冗談じゃない！

抗議しようとしたカイトに、小さな麻袋が放り投げられる。

「アイテム袋だ。ハイカロリーセットが入っていて、おまえだけがいつでも取り出せる」

「えっえっえっ、ちょっと待ってくださいよ！　そんな強引な——」

第二の人生だというのに、適当すぎない？

だが、女神は残酷にも宣言した。

「行け!!　世界を救うのだ!!　ハイカロリー勇者よ!!」

「何そのだっさい呼び名!!」

無情にも、すうっと目の前の景色が消えていく。

そしてカイトは暗闇に飲み込まれた。

第2話　ハイカロリー勇者様大歓迎

「うわわっ!!」

空間移動なのだろうか、一瞬にしてカイトは見知らぬ草原に投げ出された。

「いてて……乱暴だな」

カイトはぶつくさ文句を言いながら、草をはらって立ち上がった。

辺りはだだっ広い緑の平原で、その奥には深緑の森と山、頭上には白い雲がたなびく丸い青空——そこは中世ヨーロッパを思わせる、牧歌的な異世界だった。

「勇者様——————!!」

大歓声が背後から津波のように襲ってきて、カイトはびくっとした。

おそるおそる振り返ると、そこには大勢の人たちが喜びの声を上げて手を振っていた。

どうやら村人たちのようだが——カイトは目を凝らした。

ん？　あれ？　耳が細長くて先端が尖っている？

人じゃなくて——エルフ？　あ、そういえばエルフの国を救うとか言ってたっけ。

「あ、どうも初めまして」

わけがわからないまま、カイトはぺこりとお辞儀をした。

「ようこそいらっしゃいました勇者様！　この村の領主のエドモンドと申します！」

威風堂々とした壮年の男性がすっと目の前で一礼した。

その金色の髪や緑色の目は美しく、まさしく映画やゲームで見たエルフそのものだった。

「初めまして――」

本名を名乗ろうとしたカイトだが、ふっと邪な思いがわき上がった。

いつもゲームで使っている名前を名乗ってはどうだろう？　二つ名とかつけて。

カイトはコホンと咳払いをした。

「えー、さすらいのデスティニー・シーカー、エトワールフィラント・カイトです」

訳すと『運命の探求者、流れ星カイト』となる。ちょっと大仰だが気に入っている名前だ。

英語とフランス語が混ざっているのは気にしない方向で！

だが、エルフたちの間にざわめきが起こった。

「さすらいの……？」

「ですてぃにー……？」

「えとわーるふぃ……？」

「……何てお呼びすれば……」

エルフたちの戸惑いが痛いほど伝わってきて、カイトは真っ赤になった。

「いえ、なんでもないです！　カイト、カイトです！　カイトでお願いします!!」

まるで選挙のお願いに来たようになってしまったが、エルフたちがようやく納得したように頷いてくれてホッとする。

調子に乗ってはいかんな。あー、恥ずかしかった。

「ではカイト様、さっそく我が館へどうぞ。こちらでカイト様の身を預からせていただきます」

エドモンドの丁寧な申し出に、カイトは慌てて頷いた。まだ恥ずかしくて目が合わせられない。

「あ、はい」

「夜には館で歓迎の宴を催しますので、また村人たちとはそのときにでも」

名残惜しそうに手を振るエルフたちを見ると、皆ガリガリなのに気づいた。

もちろん、エルフという種族は基本的にスマートで細身というイメージがあったが、それを通り越して痩せすぎている。歩く姿も何だか頼りない。

そういえば、ハイカロリーで助けるとかいう使命だったよな。

あの女神に慌ただしく追いやられたけど、もうちょっとちゃんとこの世界のこととか教えてくれても良かったんじゃ……。

「さ、こちらです」

　左右に畑が広がる道を行くと、突き当たりが領主の館だった。二階建てで大きい館だったが、造りが質素というか、とても豪邸とは言えない。エルフたちの姿もそうだが、なんとなく貧しい感じだ。

「隣にあるのが、勇者様用のお店です」

　領主の館の隣にはカイトのための小さな小屋が建てられていた。中を覗（のぞ）くと石窯（いしがま）と作業台があって、ピザ作りの作業場となっている。

　簡素だが、一生懸命（けんめい）用意してくれたのが伝わってきた。

「女神様から勇者様を遣（つか）わしてくださると聞いて、用意したものです。石窯は数日空焚（からだ）きしてありますので、すぐに使えます。ずっとお待ちしておりました！」

「……」

　エドモンドの口ぶりからすると、どうやらだいぶ待たされたらしい。

　そりゃ、ハイカロリー勇者を選ぶ奴なんてまずいないだろう。

　何だか体（てい）よく押しつけられた気もするが、今更そんなことを言ってもしょうがない。

「ありがとうございます、お世話になります」

　とりあえず頑張ってみるか。

*

案内された部屋で一息つくと、あっという間に夕方になった。

「カイト様、よろしいでしょうか」

控えめなノックと共に、少女の声がした。

「あ、はい」

「失礼します」

そっと中に入ってきたのは、長いストロベリーブロンドと緑色の目をしたエルフの少女だ。年の頃は高校生くらいだろうか。

もちろん、『高校』なんてものがこの世界にあればだが。

ストロベリーブロンドの少女は恥じらうように、こちらをまっすぐ見ようとしなかった。

「初めまして、リリアです。父からお世話をしてくるよう、申しつかりました」

「父って……」

「領主のエドモンドです」

「ああ、この家の娘さんかー」

リリアが小さく頷く。カイトが見つめると、顔を赤らめてうつむいてしまった。かなりシャイな少女のようだ。

「よろしければ、宴に案内させていただきます」

「ありがとう。来たばかりで右も左もわからないんだ、よろしく！」

リリアの後について階下に降りていくと、ざわめきが耳に届いた。

リリアが大きい観音開きの扉を両手で押して開け放つと、明るい光と人々の歓声が耳に届いた。

そこは大広間になっており、既に待ち構えていた村人たちがカイトを見て拍手をする。

「勇者様――――！」

「カイト様だ――――!!」

目の前には『勇者様、ウェルカムパーティー』と書かれた手作りの横断幕がひらひらと揺れている。

これほど注目を浴びたことのないカイトは気恥ずかしい気分で中に足を踏み入れた。

自分が主役でパーティーを開いてもらうなんて、小学生のときの誕生日パーティー以来だ。

あのときも、妙に気恥ずかしかったっけ。

「ほら、あれが……」

「すごい、漆黒の髪ね」

壁際に立ち、こちらを見てひそひそ話しているのは、若いエルフの女性たちの一群だった。

カイトが目をやると、きゃあ、と可愛らしい声を上げ、笑いながら逃げていった。

確かにエルフたちからすると、自分の外見は物珍しく映るのだろう。

「こちらがカイト様の席です」

おそらくは人数が多かったのでテーブルと椅子をとっぱらったのだろう。床に敷かれた絨毯の上のクッションに、カイトは腰を下ろした。

気分はアラビアンナイトの世界だ。

「どうぞ、ぶどう酒です」

銀杯に赤紫の飲み物が注がれる。ぶどう酒……ワインか。いい香りもする。

すると、エドモンドがそばにやってきた。

「今日は勇者カイト様を皆で歓待する宴によくぞ集まってくれた!! 領主として感謝する!! 特別に備蓄倉庫から食べ物や飲み物を出してきたから、今日は思う存分楽しんでいってくれ!!」

すっと銀の杯をカイトに向けて掲げた。

「我が世界に勇者様が降臨してくださったことを祝して、乾杯!!」

「乾杯!!」

「あ、ど、どうも……かんぱい」

降臨とか大仰に言われるとどうも気恥ずかしい。まだ自分が勇者だという自覚がないというか、ハイカロリー勇者って何だそれ、っていうか。

もぞもぞと杯を口にするカイトに、すっと皿が差し出された。皿の上には緑色の野菜が山盛りになっていてサラダっぽい。

「どうぞ召し上がってください」

「は、はい……！」

屈託のない笑顔を向けてくれるリリアにドキッとし、カイトは反射的に目をそらせた。

いかん、この子可愛いすぎるだろ。

「美味しいですよ」

もぐもぐもぐもぐ。

リリアが皿にのった野菜を勢いよく食べだす。

「あ、あれ？　それ、俺のために持ってきてくれたんじゃないの？」

「ええ、どうぞ」

「どうぞって、もう葉っぱが一つしか残ってないけど！」

カイトは慌てて最後に残った草のようなものをフォークで刺した。

こ、これは競争だな！

「ん……？」

葉っぱのような野菜を口にしたカイトは眉間に皺を寄せた。

なんだこれ、まっず!!　味が全然しね――!!　せめて塩くらいかけて!!

その辺に生えている雑草を食べている気分だ。俺は馬じゃないぞ。

「どうですか?　とれたての野菜です」

にこにこしているリリアに、何とか笑顔らしきものを返す。やはり礼儀としてまずいとは言いづらい。

「こちらもどうぞ」

差し出された皿にはまた野菜がのっている。慌ててテーブルの上を見てみたが、他の皿も似たようなものだ。

どうやらこれがこの世界のご馳走(ちそう)らしい。しかも、野菜ばっかりで全然腹にたまらない。

道理でエルフたちがガリガリのはずだ。

俺はもっとがっつりしたものが食いたいんだよ!!　こうこってりとしていて、濃厚な味付けのやつを!!

「……」

歓迎の宴はありがたかったが、食べ物がぱっとしない。野菜ばかりで、ようやく見つけたハムのような肉も味が薄くて物足りない。

「さて、宴もたけなわ。勇者様から一言いただきましょう」

エドモンドに促(うなが)され、カイトはすっくと立ち上がった。

ピザの力を得ていたカイトの心は、猛然と燃えたぎっていた。

この人たちに本当に美味しい食べ物を教えてやる!!

「皆さん、今日は俺のためにありがとうございました!! お礼に明日は俺が美味しいものを作ります!!」

わあっと歓声が上がり、拍手が起こる。

みなぎるピザの力! ……全然かっこよくはなかった。

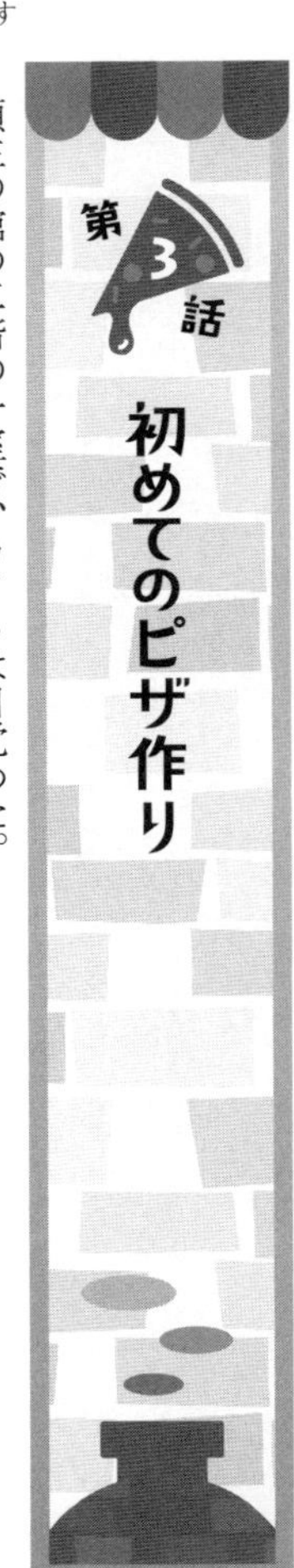

第3話　初めてのピザ作り

領主の館の二階の一室で、カイトは目覚めた。

「あー、お腹がすいた……」

宴で食べたものの九割は野菜だった。全然満足感がない。

ドアがノックされ、リリアが入ってきた。

「カイト様、おはようございます。朝食の用意ができました」

「あっ、ど、どうも……」

カイトはもぞもぞと起き上がった。朝食といっても、きっとあの宴で出されたような物足りない食事なんだろうな……。

ぐうぐうと悲痛な声を上げているお腹をさすり、カイトは起き上がった。

「きゃっ!!」

リリアが小さく叫び、顔を両手に当てる。

「えっ……?」

カイトは驚いて自分の体を見下ろした。

寝間着のシャツがまくれあがって臍が見えてしまっている。

「ありゃ、失礼」

カイトは急いでシャツを下ろした。

「い、いえ……」

リリアの尖った長い耳が真っ赤に染まり、動揺したようにぴょこぴょこ動くのが可愛らしい。

「じゃあ、着替えてから行きます」

「はいっ」

リリアがそそくさと出ていくと、カイトは着替えた。

*

大量の野菜とぼそぼそとした味のないパン、それに目玉焼きというのが領主家の朝食だった。

全部薄味だし、何より旨味がない食事だ。

もちろん、世話になっている身で贅沢は言えないが、何とも気力がわかない。

「ご馳走様でした。では、さっそく宴の用意をします」

「楽しみにしております！」

期待に満ちたエドモンドの顔を見たカイトの心に、一抹の不安がわき上がった。

……俺、ちゃんとピザが作れるだろうか？

ハイカロリー勇者だとか言われて異世界に飛ばされただけで、ピザのことを何も知らないし、もちろん作ったこともないぞ。

不安を抱えながらカイトは館の隣に建てられたお店に入った。

カイトは石窯の前にある作業台の前に立ち、ため息をついた。

「さて、何からどうすれば……材料もないし」

カイトが持ってきたものといえば、女神からもらったアイテム袋だけだ。

中を探ってみると、何枚かカードが入っている。

「えーっと、どれどれ……」

カイトは取り出したカードを確認してみた。

カードには『黒エプロン』、『ピザのスキル1』、『小麦粉』など調理に必要そうなものの名前が書かれている。

「これ、どうすればいいんだ？　使い方って……？」

あの女神、適当な仕事をしやがって。初期装備の仕様がわからないだろ！

カイトはカードをためつすがめつした。

「どこかで交換するとか？　でもそんな便利な場所なんてなさそうだし……」

カイトはじっとカードを見つめた。

「えーと、黒エプロン？」

とりあえず口に出してみる。

すると、カードがぱっと手から消え、代わりにふぁさっと手の上に黒いエプロンが現れた。

「おお……！　読み上げればいいのか！」

わかってしまえばシンプルな仕様だった。

アイテムはカイトしか使えないと言っていた。つまり他人がカードを手にしても単なるカードでしかなく、これをアイテムに変えられるのはカイトだけなのだろう。

「なるほど、よくできてるな」

カードであればかさばらないし、持ち運びも簡単だ。

カイトはまず、装備品である黒エプロンを腰に巻く。

「……これが勇者の装備か」

苦笑してしまうが、これはこれで悪くない。びしっと背筋が伸びる気がする。

「えっと、材料だな。水、小麦粉、酵母（こうぼ）、塩」

カイトはカードを読み上げていった。次々に食材が現れて、作業台の上にものが増えていく。

「ん、何だこれ。パーラ？」

聞き慣れない名称を唱えると、目の前に現れたのは柄（え）の長いしゃもじのような道具だった。

木製と鉄製の二本ある。

「ああ、これ窯にピザを入れるやつか……」

そしてカイトは最後のカードを手にした。そこには『ピザスキル１（ピザの基本）』と書かれている。

１ということは、つまり２もあるということだ。

カードを裏返すと、何か小さい文字が書いてある。

――ピザスキル２を得るには、マルゲリータを作ろう！――と書いてある。

マルゲリータならわかる。トマトソースの上にモッツァレラチーズとバジルがのっている、シンプルだが美味（おい）しいピザだ。

なるほど、ミッションをクリアしていくと、スキルカードが増えていく仕組みなのか。

材料や道具も、必要に応じてまた増えていくのだろう。

「ピザスキル１！」

そう叫ぶと、急に頭の中をピザの成り立ちやピザの作り方などが一気に駆け巡った。

瞬時に知識が増えたのを感じる。

「すげえ!!」

そのとき、遠慮がちにドアがノックされた。

「はい、どうぞ」

「手伝います……」

おそるおそる入ってきたのは、領主の一人娘、リリアだった。

伏し目がちに近づいてくると、その遠慮がちな仕草とは裏腹にぴったりくっつかれた。

何これ。懐かれてる……？

可愛いけど、ちょっと邪魔だな。

「いいよ、一人でやれるから」

「えっ……」

リリアが衝撃を受けたかのようにカイトから体を離し、その緑色の目を大きく見開く。

「で、でも、嫁の役目ですし」

「は？　嫁？」

意味がわからず、カイトは首を傾げた。

「誰が誰の嫁って？」

「私がカイト様の……」

唐突な申し出にカイトは呆然とした。

今からピザを作ろうとしているのに、急に冠婚葬祭的なものがぶっこまれて混乱してしまう。

「いやいやいや、嫁って何？　どういうこと？」

「カイト様の身の回りの世話をし、尽くすようにと親から言いつかりました」

「ん？　それ、嫁じゃなくてもいいよね？」

「それは……」

リリアの顔が真っ赤になる。

「そろそろ私も嫁入りをしていい年ですし、それに私が……私の希望でもあります」

語尾が小さくて聞き取れなかったカイトは、リリアに耳を近づけた。

「えっ？　最後の方、何て言ったの？」

「やだ、二度も言えません!!」

「いでえっ!!」

リリアにばしっと肩を叩かれ、カイトは悲鳴を上げた。

じんじんするな。意外と力が強いなこの子。ピザ生地を作ったりするのに向いているかもしれない。ピザ作りは体力がいるからな。

ハイカロリー勇者になったせいか、すっかり思考がピザを基準にしたピザ脳になってしまっている。

「そ、そんなに私が気に入りませんか？」

リリアの大きな緑色の目が潤み、大粒の涙がこぼれ落ちた。長い耳はしょんぼりと垂れてしまっている。

「ちょ、ちょっと……！」

女の子に泣かれるなんて小学生以来だ。どうしたらいいのかわからず、おろおろしてしまう。

「私ではカイト様にはふさわしくないかもしれませんが……」

リリアが手で顔を覆い、肩を震わせた。

「あっ、あのそういうわけじゃなくてね」

「これから頑張っていきますので……どうか……ひっくひっく」

「あの、そのね」

「今はまだ未熟ですが、これからきっと……ひっくひっく」

「ああああああ」

か弱い風情で泣いてはいるが、まったく引き下がる気配を見せない。

カイトはだんだん面倒になってきた。

「あっ、じゃあ、まあ、とにかくピザを作ろうか」

リリアの顔がぱっと輝く。

「はい！　嬉しいです!!」

「……」

ちょっと待って。別に結婚を了承したわけじゃないよ？　何そのいい笑顔。

幸せそうに頬を染めるリリアに、そう言えるわけもなかった。

なんとなく結婚の約束をしてしまった気がするが、カイトは考えるのをやめた。

とにかく俺は腹が減っている。早く作りたいし、早く食べたいのだ。

「これからピザを作ります」

「はい！」

「ピザっていうのはね、イタリアという国のナポリという港町が発祥の食べ物なんだ。漁師たちが好んで食べていて、最初はパンのようなものだったけど、トマトが南米から持ち込まれて今の形になったんだ」

やべえ。蘊蓄が止まらない。勝手に口が動いていく。

「それからイタリア南部からの移民によって一九世紀末にアメリカに伝わったとされて、俺の国日本に来たのは一九五六年と言われている。つまりまだ歴史の浅い、新しい食べ物なんだ」

リリアが目をつむり、こくりこくりと船をこいでいる。

聞いてね――――‼　つーか寝てるし！

「コホン。では作り始めようか」

リリアがハッとしたように目を覚ます。そんなにつまらなかった？　ピザの蘊蓄……。

カイトは気持ちを切り替えた。

「まずは大きいボウルに材料を入れていくね」

脳裏にすらすらと手順が浮かんでくる。

まずはボウルに水を入れて塩を溶かす。よく混ぜて完全に溶かしきるのがポイントだ。

「じゃあ、小麦粉を……って何してんの――――!?」

リリアが小麦粉の袋に顔を突っ込んでいる。

「いい匂いがするかな、って……。小麦粉って貴重だから滅多に見られないんです」

「そ、そう。でも袋に顔を突っ込むのはやめてね！　小麦粉を半分入れてくれる？」

思っていたより変わった子らしい。

リリアが小麦粉を入れてくれたので、手で揉むようにして混ぜる。

どろどろになったら天然酵母を加える。

「おー、粘りが出てきたな」

大勢に振る舞うため、ピザの生地は一抱えもありそうな大きさだ。練るのもかなり力がいる。

「小麦粉の残りを更に半分入れて」

リリアがおとなしく追加してくれる。うん、助手がいると助かるなあ。

「カイト様はすごく手際がいいんですね！　迷いなく進められてすごいです！」

「はは、まあ……勇者だから！」

こうやって尊敬の眼差しを向けられるのは悪くない。

せっかく勇者なんだし、少しくらい格好いいところがなくちゃね！

料理のできる男って、それこそ別世界の存在のように思っていたけれど、いざ自分がそうなると結構楽しい。

ハイカロリー勇者も悪くない……ちょっと響きがアレだけど。

カイトは生地を握りつぶすようにしてまとめていく。もう体が勝手に動く。本来ならこんなに上手くできないのだろうが、とてもスムーズだ。変な勇者とはいえ、『勇者』というだけはあるということか。

ある程度固まってきたので、時々生地を裏返してボウルに残った粉を混ぜ込んでいく。生地が一塊になってきたところを更に練る。かなり力がいるので、気合いを入れる。額に汗が浮かんでくるのがわかった。

「練るッ、練るッ、練るッ　練る練る練る練る練る練る――!!」

いつの間にか熱が入り、カイトは無心で叫んでいたことにハッと気づいた。

「カイト様、すごいです！　もう生地がこんなにできています！」

リリアが拍手をしてくれたが、照れくさくて頷くしかできない。

スキルカードのせいか、ピザに対する情熱がおかしいくらい上がっている。

「ふう……」

こめかみを汗が伝う。リリアがそっとふきんでぬぐってくれた。ありがたい。

技術は得たけれど、体力は元のままだからな。かなりしんどい。明日は筋肉痛になりそうだ。

「代わりましょうか？」

「えっ？　これかなりキツイよ」

男の自分でも腕がパンパンになっている。

「でも、カイト様おつらそうだし、横で見ていて練り方もわかってきました」

「そう？　じゃあ、ちょっとやってみて」

夜にはピザを焼き上げたいので、休んでいる時間が惜しい。カイトはリリアに代わってもらうことにした。

「よいしょ、よいしょ」

カイトがドキドキしながら見守る中、リリアが生地を練り始める。

「あっ、えっとね、こうぐっと力を入れる感じで――」

「こうですか？」

「いや、ちょっと違うな。こういう感じ」

カイトはリリアの手に自分の手を添えた。

「あっ!!」

リリアがびくっと手を引っ込める。尖った耳がぷるぷると揺れた。

「えっ？　ごめん」

「いえ、ちょっとびっくりして……」

リリアの顔が赤くなっている。作業に夢中で、年頃の女の子に対する配慮がちょっと足りなかったな。

「続けてくれる？　見てるから」

「はい」

　リリアがせっせと生地を練りだした。手つきはまだ覚束ないものの、なかなかいい感じだ。

「練るッ、練るッ、練るッ　練る練る練る練る練る──!!」

　いきなりリリアが叫びだしたので、カイトは驚いた。

「ど、どうしたの？」

　リリアがきょとんとする。

「カイト様の作業を真似しているんですが……」

「いいから！　叫びはいいから！　必要ないから！　練るだけでいいから！」

「そうなんですか」

　リリアは少し残念そうな表情になった。

　前から思っていたけど、この子ちょっとアホの子かもしれないな……。

「じゃあ、残りの小麦粉を少しずつ投入していくよー」

　そのとき、リリアがぴたりと動きを止めた。

「大丈夫？　疲れたの？」

「じゅる」

　リリアが盛大によだれをすすった。そして、慌ててカイトを見た。

「はっ……すいません！　すごく美味しそうで！」

「これ、まだ食べられないからね？　落ち着いてね？」

「はい……」

カイトは先ほどとは違う意味でドキドキしながらリリアを見守った。よだれを落とさないか、生地を食べたりしないか、とてもとても不安だ。

「疲れたら言ってね。代わるから」

「はい！」

だが、結局リリアがずっと練ってくれることになった。細い腕だが、エルフというのは力があるのかもしれない。

三十分しっかり練ったところで生地の様子を見ると、表面は滑（なめ）らかでしっとりしているが、ボウルにつかなくなった。

生地を引っ張ると薄く伸びる。

「うん、これでＯＫ！」

カイトは生地を抱えると、作業台の上に取り出した。

そして生地を左、右と順に折りたたむ。その次は奥から手前だ。

生地を台に軽く叩きつけて、生地を折りたたみ、形を整えていく。

「わあ……難しそうなのに、とってもスムーズですね！　すごい！」

「うん」

確かにこれは素人（しろうと）では難しい作業だろう。スキルカードのおかげで難なくやれているが。

「なんで生地を折りたたむんですか？」

「これは生地に空気の層を幾重（いくえ）にも抱き込ませるためなんだよ」

すらすらとそんな言葉が口から出てくる。当のリリアはピンとこないようで、あやふやに頷いている。

二十回ほど作業を繰り返すと、カイトは生地を丸くまとめた。

上面にナイフで十字の切れ目を入れる。切れ目から、気泡の穴が幾つも見えた。

「よし、いい生地だ!!」

カイトは湿らせた布で全体を覆った。

「これから発酵させるから、数時間このままだよ」

「はい！　楽しみですね！」

かなりの重労働だったが、清々（すがすが）しい気分だった。

綺麗にできた生地を見つめていると、えもいわれぬ満足感がわき上がってくる。

物作りって楽しいな！

「じゃあ、生地の発酵を待つ間に、窯の準備をするね。窯は数時間かけてゆっくり温度を上げて、十分に蓄熱する必要があるんだ」

すらすらとそんな知識が頭に浮かぶ。生地作りだけでなく、窯の準備にも時間がかかる。ピザ作りは思ったよりも大変な作業だ。

「こんな大きい窯は初めてです……」

リリアが興味深そうに、ドーム状の窯を覗き込む。

「まずは何をするんですか?」

「火がつきやすい細い薪と中くらいの薪を使うんだ」

カイトは用意してくれていた薪を手にした。細い薪と中くらいの薪を五本窯に入れて組み、紙に火をつけて入れる。そして、更に薪を追加していく。少しずつ大きい薪にしていくのがポイントだ。

「わあ、火がしっかり燃えてますね」

「うん、いい感じ」

一緒に窯を覗き込んでいた二人は顔を見合わせた。思ったよりずっと近い所に顔があり、カイトは慌（あわ）てて離れた。

やばい、鼻がくっつきそうだった。リリアは顔を赤らめてうつむいている。

「あとは待つだけだな」

カイトがそう言ったとき、ドアがノックされた。

「カイト様、お昼をお持ちしました」

入ってきたのは領主の妻、フィオナだった。リリアの母であるフィオナは、さすが親子というぐらいよく似ている。若く見えるせいもあって、リリアの姉のようだ。

長いストロベリーブロンドを後ろでひとまとめにしていて、落ち着きがある。

「簡単なものですが……」

布の包みを開けると、サンドイッチが入っていた。パンに挟まれているのはたっぷりの野菜。欲を言えばカツサンドを食べたかったが、ここは我慢だ。

「ありがとうございます」

「あの、リリアはお役に立っていますでしょうか？」

フィオナが心配そうに見つめてくる。

「ええ、とても！」

冷や冷やする場面もあったが、生地作りを手伝ってもらえて助かった。

カイトの返事にフィオナが嬉しそうに微笑む。

「良かったですわ。料理や裁縫は一通り仕込んでいますから。まあ裁縫はなかなかうまくならなくて、今も教室に通っていますけど……」

「……」

気のせいか、花嫁修業っぽい話題になってるな。

カイトは再び結婚話のことを思い出した。うやむやにしてしまったが、どうなんだろう。

だが、下手に尋ねるとやぶ蛇になりそうな気もする。

「親の欲目かもしれませんが、きっと勇者様にふさわしい妻になると思いますわ」

迷っているうちに、フィオナに先手を打たれた。

「あっ、あの……」

「どうぞ娘をよろしくお願いいたします」

深々と頭を下げると、フィオナはさっさと店を出ていく。

「あの……」

女神といい、どうして皆俺の話を聞いてくれないんだ。

伸ばした手を、カイトは虚しく下ろした。

傍らのリリアはにこにこ笑ってこちらを見ている。

うう、外堀をどんどん埋められている気がしないでもないが、まず腹ごしらえだ。ハードな作業のせいで空腹がマックスになっている。

「いただきます」

カイトたちはサンドイッチを食べ始めた。

「……」

うん、やっぱり味がしないね！　草っぽくて青臭いね！　はっきり言って美味しくない！

カイトはぼそぼそするサンドイッチを食べた。

気力が全然わかないなー。いつも食事は適当だったけど、あれはあれで力になっていたんだ。

カイトは改めて食事の大切さを思い知った。

「ねえ、いつもこういう質素な……いや、野菜中心の食事なの？」

「はい。野菜を食べて体を綺麗にしよう、という政策を女王様がとっていらっしゃるので

……」

「へえ……じゃあ、敢えて野菜を食べるようにしているんだ」

まさか国策とは思わなかった。

「じゃあ、あまり肉や魚は食べないんだ」

「野菜、果物などをメインに作っていますが、肉や魚、小麦などはほとんど他国から買うので高くて……」

「なるほど……」

確かに、豊かとは到底言えない雰囲気がある。長閑（のどか）と言えば聞こえはいいが、貧しい国なのだろう。

「ウチの国は内陸にあって山や森に囲まれているので、なかなか外から物が入ってこないんです」

「そっか、不便な場所なんだな……」

今後、そういう流通の不便さも改善していけるといいなー。とにかく食材の偏（かたよ）りが気になるし。

来たばかりだが、カイトはすっかりこの国のことが気になってしまった。

＊

二時間ほどたち、生地の発酵をチェックした後、カイトは窯の中を見てみた。

ドーム型の内部のレンガが白く見える。

「うん、いい温度になってきた」

カイトは窯の中に鉄製のパーラを入れて掃除をし、濡らした布でふいた。

「よし、窯の準備ＯＫ!!」

「もうピザが焼けるんですか？」

リリアが興味津々で覗いてくる。

「うん。これでいつでも焼けるよ。後は生地を成形してトッピングを――」

言いかけて、材料がないことに気づく。

シンプルなマルゲリータにしようと思っていたが、トマトソース、モッツァレラチーズ、バジルの葉、オリーブオイルがいる。

「ざ、材料!!　食材!!」

「大丈夫ですか？」

慌てるカイトを、リリアが心配そうに見つめる。

「リリア、モッツァレラチーズってわかる？」

「チーズはわかりますが、他国からの輸入品になるのでとても高いです」

「……」

カイトは自分が文無しであることにようやく気づいて愕然とした。

お金が一円もないなんて……。

お金は初期装備的に必要だろう!?　あの女神――!!　入れ忘れてるんじゃないのか？

カイトは藁にもすがる思いでアイテム袋を手にした。

「あれ？」

かさっと音がして、カードが何枚か増えている。

「わわわわわわ!!」

急いで取り出すと、今まさに必要な食材の名前を書いたカードが入っていた。

「よ、よかった――――!!」

必要に応じて増えていくシステムらしい。窯の準備と生地の発酵が終わったので、次の段階のカードが加えられたのだろう。

カイトは胸をなで下ろした。

＊

夕方まで更に発酵させて、カイトは時計を見た。

そろそろ宴(うたげ)が始まる時間だ。さっそく作り始めるとするか。ピザ自体は九十秒くらいで焼き上がる。だが生地を成形してトッピングをしなくてはならない。

「モッツァレラチーズ!!　ホールトマト!!」

カイトはカードを読み上げていく。

「きゃあああああ!!」

リリアが急に叫んだので、カイトは驚いた。

「えっ、どうしたの？」

「すごい!!　カードが食材に!!」

そうか、初めて見たら驚くのも無理はない。

「何ですか、これは！　魔術ですか？　カイト様は魔術も使えるのですか？」

「ええ、ああ、うん、まあ」

説明するのも面倒なので、適当に答えておく。というより、自分も仕組みがよくわかっていないのだ。あの女神、次に会ったら文句を言ってやる。

リリアが感嘆のため息をつく。

「すごいですね……魔術はとびきり優秀な人だけしかできないのに。それも高等魔術学院で何年も学んでやっと使えるのに……」

「そうなの？」

「ごく一部のインテリしか使えないですね。そういう方は王宮で働くことになります」

「へえ……」

さすがエルフのいる世界。魔術なんてものがあるのか。

リリアがモッツァレラチーズの袋を手に取った。

「これは何ですか？」

「モッツァレラチーズだよ。一口食べてみる？」

「いいんですか!?」

リリアが嬉しそうに、ちぎったチーズを受け取った。

チーズを口にしたリリアの頬が赤く染まる。

「なんて豊かな風味!! 初めてです、こんな美味しいものを食べるのは!!」

「喜んでもらえてよかった」

「ほんと、美味しい!!」

リリアがモッツァレラチーズを勝手にちぎりだした。そして、目にもとまらぬ早さで口に運んでいく。

ぱくぱくぱくぱくぱくぱく。

「あ、あの、それぐらいにしといてね！ これから使うから！ 一口って言ったでしょ!!」

もう二十口くらいは食べている。

「あっ、すいません……でも、元気がわいてきますね!!」

もぐもぐもぐもぐもぐもぐもぐもぐ。

リリアはにこにこ笑いながら、チーズを口に運んでいる。その手は止まる気配を見せない。

「いやいや、ちょっと待って!! チーズがなくなる!!」

「あっ、すいません！」

ようやく制止したときには、チーズは三分の一くらい食べられてしまった。

「ご、ごめんなさい……」

リリアがしゅんとうつむく。

「……」

さっきから何かに似ていると思ったら、昔飼っていた犬にそっくりだ。やはり食欲旺盛で、勝手に食べ物を漁っては怒られてうなだれていた。

「後で！　できあがったら好きなだけ食べていいからね？」

「はい……」

リリアが反省しながらも、ちらっちらっと材料に目をやるのが気にかかる。

すっごい細いのに、結構食欲魔人なんだな……。

モッツァレラチーズを半分に切って、ざるをセットしたボウルに入れて水切りしようと思ったものの、リリアの挙動が気になって集中できない。

「あの、リリア」

「はいっ！」

リリアが翠玉のような美しい瞳を輝かせてこちらを見てくる。

「頼みがあるんだ」

「何なりと！」

「ピザを楽しく作るために、パーラで台を叩いてリズムをとってくれる？　あ、軽めにね。両手で持って」

カイトは木製と鉄製のパーラをリリアに渡した。

「はいっ！」

リリアがパーラを手に、リズミカルに叩きだす。

よし、両手を塞いだ！　これで集中できる！

カイトはホールトマトの缶詰を開け、ボウルに入れた。目にも鮮やかな朱色で、これだけでも美味しそうだ。

「それは何ですかー？」

「トマトソースを作るんだ」

「……美味しそうですね。じゅる」

「リリア、落ち着いて！　手が止まってるよ！」

「はいっ！」

リリアが慌ててパーラで作業台を再び叩きだす。

軽く塩を加え、両手でトマトを握り潰しながら混ぜていく。

「果肉を潰しきらないのがポイントなんだ。食感を楽しむために」

「じゅる」

「……」

空腹の獣が傍らにいるようだ。落ち着かない気分でカイトは作業を続けた。

「さて、生地を成形していくよ」

カイトは生地に打ち粉をまぶし、余分な粉を落とした。

ここからが腕の見せ所――といっても作るのは初めてだが、スキルカードのおかげで熟練のシェフ並みの自信がある。

「親指以外の四本の指で伸ばすんだ。指の腹を使う」

中心から縁に向かって生地を押す。均等に伸ばすのが難しいのだろうが、今のカイトにとってはたやすいものだ。

「縁の一センチくらいは触らない。生地の中の空気が縁に移動するように伸ばすんだ」

裏返して角度を変えて伸ばして、更に左右に引き伸ばす。そうやってリズミカルに少しずつ伸ばしていく。

「まーるく、まるく、均等に」

「まーるく、まるく、均等に」

カイトに合わせてリリアが声真似をする。

いつの間にかまた口ずさんでいたらしい。カイトは慌てて口を閉じた。

まずは丸い生地を四枚作ってみた。

「できた！　トッピングにいくよ」

生地の中央にトマトソースを適量のせ、スプーンで螺旋を描くように全体に広げる。メリハリになるから敢えてムラができるようにするのがコツだ。縁から一センチはのせない。

次に二、三ミリの厚さに切ってあるモッツァレラチーズを、重ねないように気をつけてのせていく。

「そしてバジル……あっ」

バジルのカードはなかった。

「弱ったな。リリア、バジルってわかる？」

「わかりません！」

「だよね。ハーブみたいな葉ってあるかな？」

「食べられる植物なら庭にありますが」

カイトはさっそく庭に案内してもらった。

「えっと……」

カイトはきょろきょろと葉を見た。

「これ……バジルにそっくり!!」

昨晩宴で出してもらった味のなかった葉をカイトは手にとった。本来なら葉の区別などつかないが、スキルカードのおかげか今は見分けがつく。

「ああ、それ、パージですね。すごくいい香りがする葉です」

「パージ……!!」

カイトはそっと葉をつまむと、鼻に近づけた。

「うん、いい香りだ!!　バジルによく似てる！」

カイトはさっそくパージの葉を二、三枚、手でちぎってピザにのせた。艶（つや）のある緑色のパージはふわっといい香りがした。

「香りと鮮度が命だから、直前にやるんだ」

最後にオリーブオイルを螺旋を描くようにしてかけてできあがりだ。

「すっっっごく美味しそうですね……！」

リリアが興奮気味に顔を近づけてくる。カイトは危機感を覚え、さっと生地をリリアから遠ざけた。

「あとは焼くだけだからね。落ち着いてリリア！　パーラを貸して」

リリアから渡された木製のパーラに打ち粉をふる。

カイトは生地をパーラにそっと移し、形を整えた。

カイトは慎重に生地を窯に入れた。四枚を一度に焼くので、炎から遠いところに順に置いていく。

初めて焼くのでドキドキするが、手順はすべて頭の中に入っている。

三十秒ほどすると生地がふっくらしてくるので、回転用のパーラで端を少し持ち上げ、焼き加減を確認する。

「よし！」

焼き色がついていたので、一八〇度変えて反対側も焼く。これを四枚繰りかえす。

全体にまんべんなく焼き色がついてきた。

窯を覗くので暑いし、カイトにとっては重労働だが、こんがりと焼き色がついていくピザを見るとわくわくしてきた。

香ばしい匂いが鼻腔をくすぐり、お腹がぐうぐうと鳴ってきた。

「できた！」

カイトは焼きたての熱々のピザを作業台に置いた。

あちこちに焦げがしっかりついていて、縁はふっくらと盛り上がっている。モッツァレラチーズはとろっとろに溶けて、トマトソースやパージと一体化していた。

綺麗な赤と白と緑のコントラストが食欲をそそる。見ているだけで口に唾がたまってきた。

うん、すごく美味しそうだ。

カイトはピザカッターで切れ目を入れた。

「リリア、味見をして」

「……いいんですか？」

リリアが長い間お預けをくらった犬のように、疑いの眼差しを向けてくる。

「もちろん！　手伝ってくれたんだから、一番目はきみが食べて」

「ありがとうございます！」

リリアがそっとピザを手にとった。

「あちちちっ!!」

「気をつけて」

「はふはふ」

熱がりながらも、リリアがピザを口に運んだ。

運命の瞬間だ。俺のピザは果たして彼女たちの口に合うのだろうか。カイトはドキドキしながらリリアを見守った。

「ふあああああ、とろっとろのふわっふわ!!」

興奮したようにリリアがいきなり叫んだので、カイトはびくっとした。

リリアの顔がとろんととろけた。

「ふあ……おいっしい……」

その言葉が嘘ではない証拠に、リリアはあっという間に一切れを食べ終えた。

「ありがとう！　でも、チーズが糸を引いてるよ……」

「すっごい……こんなに美味しいものを食べたのは生まれて初めてです。香ばしくて濃厚で、

満足感があってジューシーで……」

リリアがうっとりする。

カイトはホッとすると同時に、胸が沸き立つのを感じた。

よし！　美味しいものをもっと食べさせてやる！

「どんどん焼くから運んでいって！」

「はいっ!!」

＊

すべてのピザを焼き終えたカイトは、自分のための一皿を手にして宴に向かった。

カイトが現れると、村人たちがざわめき立ち上がった。

「さあ、皆さん食べましょう!!　これが勇者のピザです!!」

待ちかねていた村人たちがピザに手を伸ばす。

一瞬の沈黙の後、大歓声が起こった。

「ふおおおおお!!」

「美味しい!!」

「何ですかこれは、何ですかこれは!!」

エルフたちの顔に歓喜が浮かび、熱っぽい目でカイトを見つめてきた。

「こんなに美味しいものを食べるは初めてです！」

「何というか濃厚で！　お腹にたまって力が漲（みなぎ）ります！」

「口の中に旨味（うまみ）が広がって……もう止まりません!!」

感動で打ち震えているエルフたちを見て、カイトはようやく自分が勇者なのだと実感した。

「あ、ありがとう……」

カイトはドキドキしながら、自分の作ったピザを口にした。

生まれて初めて作ったピザ……どんな味がするのだろう。

「うまっ!!」

口中に旨味が充満して、カイトは思わずそう叫んでしまった。

まず、オリーブオイルと溶けたチーズが絡（から）み合って口の中に広がる。その濃厚な味をトマトソースの酸味がさっぱりとした後味に変えていく。最後にふっと香るのはパージの風味。

生地は香ばしいが、お餅（もち）のようにもっちりしている。塩がぴりりときいているのもいい。

エルフたちではないが、こんなに美味しいピザを食べるのはカイトも初めてだった。

「あちっ、うまっ!!」

思いの外（ほか）飢えていたようで、手が止まらない。カイトは次から次へとピザのピースを口にしていった。

あっという間にピザ一枚を食べ終える。

「はあ……トマトの酸味とチーズの甘みとパージの香りが一体になってもう最高……」

じんわり口の中に残る旨味と満腹になったお腹が幸福感を呼び起こす。

そうだよ。俺はこういうものが食べたかったのだ。

嬉しそうに酒を酌み交わすエルフたちの顔色がよくなっている。

カロリー……おそるべし。

「ピザのお店を開きますので、皆さん来てくださいね――――!!」

カイトはさっそく宣伝しておいた。

そして、きっと皆に喜ばれるという手応えを感じた。

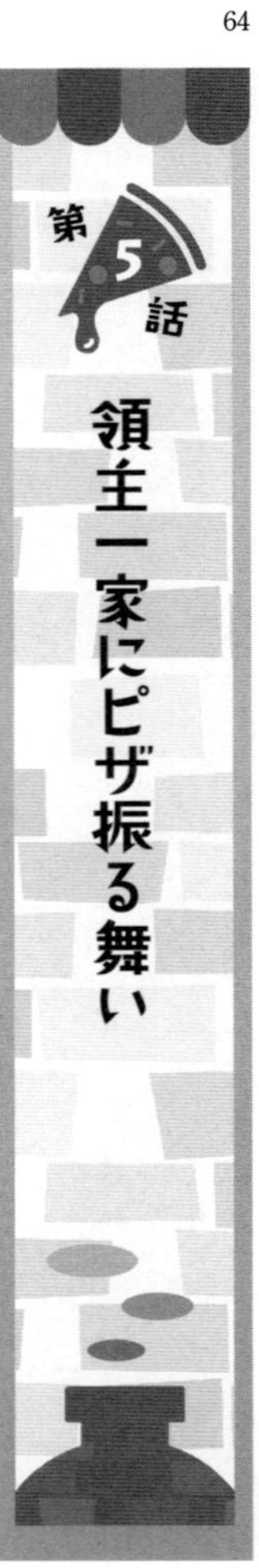

第5話 領主一家にピザ振る舞い

「いててて……」

翌朝起きるなり、カイトは腕を押さえて思わずうめいてしまった。

昨日はたくさんピザを作ったのでなかなかの筋肉痛だ。腕がパンパンになっている。

「あらカイトさん、大丈夫？」

よろよろと起きてきたカイトに、フィオナが心配そうに声をかけてくる。

「カイト様！　どうしたんですか？」

駆け寄るリリアに、カイトは何とか笑顔を作ってみせた。

「昨日たくさんピザを作ったから、ちょっと筋肉痛で……」

ピザスキルのおかげで熟練の技は身についたが、その他は常人のままらしく、体がついていってない。

「大変です!!」

リリアがさっと部屋の奥にかけていくと、救急箱をもってきた。

「そんな大げさな……」

「冷やした方がいいですよ!!」

リリアに言われ、カイトはおとなしく腕をめくった。確かにこのままだとつらい。

リリアが軟膏らしきものをガーゼに塗り、それを両腕に貼って包帯を巻いてくれる。

その甲斐甲斐しい振る舞いに、カイトはほっこりした気持ちになった。

こうやって自分を心配してくれる人がいるっていいなあ。

一人暮らしで病気や怪我をすると、すごくこたえるんだよなあ……。

「どうですか？」

包帯を巻き終わったリリアが顔を上げてきた。

間近で見ると、本当に大きなエメラルドのような美しい緑色の瞳だ。ストロベリーブロンドの髪は日の光を反射してきらきらと輝いている。

本当に、俺なんかにはもったいないような綺麗な少女なんだよなあ。

ちょっとアホで食欲魔人だけど……。

ともあれ、慣れるまで無理をしないほうが良さそうだ。腕が空気をパンパンに入れた浮き輪のようになっている。今にも弾けそうだ。

「今日はお休みされたら？」

フィオナが心配そうに言う。

「そうですね、でもせっかく窯(かま)を使い始めたので……」

せっかくの余熱を逃がしたくない。

「少量なら大丈夫です」

カイトはそのときいいことを思いついた。

「あの、よかったら晩ご飯を俺が作ってもいいですか？　いつもお世話になっているので、ピザを振る舞いたいんですが」

「それは嬉しいが……無理はしないでくれたまえ」

エドモンドにカイトは力強く頷(うなず)いた。

「大丈夫です！　では五人分作りますね！」

＊

カイトは張り切って店に入った。

夜に焼くとはいえ、仕込みは朝から始めておく必要がある。

生地(きじ)の発酵(はっこう)にも時間がかかるし、何より窯を温めておかなければならない。

「えっと掃除用のパーラとブラシ……」

カイトはアイテム袋に追加されていたカードを読み上げた。初期のせいか、段階を踏むごとに新しいアイテムが追加されていいてありがたい。

カイトは窯の蓋を外し、中の炭や灰を掃除用のパーラを使って取り出した。

「いててて……」

「あ、私がやりますよ」

リリアが手伝いを申し出てくれる。すっかり良き相棒として定着している。

「ありがとう。じゃあ、細かい燃え残りをブラシで掃き出してくれる？」

「任せてください!!」

リリアがブラシを勢いよく動かした。ざあっと灰が舞い上がり、カイトとリリアの顔面を襲う。

「うっ……ゲホッ、ゴホッ!!」

カイトは堪らず咳き込んだ。

「ゴホホホホッ!!」

リリアも思い切りむせている。

「うわ……」

カイトは急いで窓とドアを開けて換気をした。

「リリア……ゴホッ……そっとやってくれる？」

「ゴホホホッ、すいませ……ゴホホホッ!!」

張り切るあまり、力が入りすぎたらしい。

いい子なんだが、ところどころ粗忽というか、おっちょこちょいな面が垣間見える。

「ほら、顔に煤がついてるよ」

カイトはリリアの汚れた頬に手をやった。

「!!」

その手触りの滑らかさにカイトはドキッとし、慌てて目をそらせた。

「うん、じゃあ続きは俺がやるから!!」

何とか窯の掃除を終えると、カイトは細い薪を組んで点火した。

「よし、窯の準備はＯＫ!!」

カイトはアイテム袋を手に取った。

「さて、材料は……」

カイトはアイテム袋に手を入れた。昨日、カードで変えた食材は全部使い切ってしまった。

「よかった……」

アイテム袋には何枚かカードが増えている。どれも食材のカードだ。

「小麦粉、天然酵母、ホールトマト」

読みあげると、次々と食材が出てくる。

リリアがきらきらした目で見てくるのが面白い。ちょっとした魔法使いになった気分だ。

「ん？　ニンニク？」

初めての食材だ。

一瞬にしてパッとピザの種類が浮かんだ。

「トマトソースにニンニクときたら……マリナーラだな!!」

「マリナーラ？」

リリアが首を傾げる。

「マリナーラってどんなピザなんですか？」

「一七五〇年頃に生まれた、ナポリのピザの中で最も歴史のあるピザなんだ！　漁師たちが好んで食べた、トマトソースとニンニクのシンプルなピザなんだよ!!」

だからこそ、誤魔化しがきかない。

腕が鳴るではないか!!

燃え立ったカイトは、リリアを置いてきぼりにしていることに気づいた。

「あっ、ごめんね。前にいた世界の知識なんだ。ちんぷんかんぷんだよね」

「いえ……」

リリアがそっと手で口をぬぐった。

「じゅる……聞いているだけで美味しそうだなって……」

「あ、ああそう」

リリアが獲物を狩る獣の目になっている。

「じゃあ、楽しみにしていてね」

「ええ、夜が……楽しみです」

「ああっ、リリア、やめて!!　ニンニクを丸ごと食べるのは!!　それ、まだ皮も剝いていないから!!」

いきなりニンニクを手にとったリリアを、カイトは飛びつくようにして止めた。

「はっ……すいません!!　ついうっかり」

何が〝ついうっかり〟なんだろう？　ついうっかりニンニクを皮ごと食べる人なんて見たことない。

「これ、まだ料理してないから！　このままだと美味しくないから!!　ちゃんとたくさん作るから、落ち着いてリリア!!」

「はい……」

リリアがしおらしく頷く。だが、その目はまだニンニクを狙っている。

「今日はきみたちへのお礼だからさ！　一人で作るから！　部屋で待ってて！　ね？」

「そうですか……？」

そうっとニンニクに向かって伸びてきたリリアの手を、カイトははしっと摑んだ。

「ね！　お願い！」

「わ、わかりました!!」

手を摑むとリリアは恥じらうように頬を染め、そっと目をそらせた。

「私、おとなしく待っています」

「そうして！　お願い!!」

ようやくリリアを店から出すことに成功し、カイトはほうっとため息をついた。

あのリリアの野獣モードとでもいうのか、食欲魔人の面は本当に焦る。あんなに控えめでおとなしい子なのに、お腹がすくと豹変するんだからな……。

カイトはようやく作業に入った。

＊

「それではピザを焼いてきますね～」

夜ご飯の時間になり、カイトは張り切って店に入った。

ピザを成形してトマトソースを用意した。マルゲリータと違ってチーズを使わないので、トマトソースを多めにする。

ムラがあった方が味にメリハリが出るので、ざっと螺旋を描くようにして塗る。

その上に塩を一つまみとハナハッカを振っていく。オレガノの代用品を探して庭から見つけたのが、このハナハッカという黒い粒だ。

そして、いよいよマリナーラのポイントとなるニンニクの出番となる。

香りを生かすため、カイトは生地の上でニンニクを薄くスライスしていく。

最後にオリーブオイルをたっぷりかけたら出来上がりだ。

「よし！」

初めてだが、いい出来だ。

つやつやした、赤い太陽のようなピザを見ていると、自然と笑みがこぼれる。

カイトはさっと四枚を次々と窯に入れる。

複数焼くのもお手の物だ。

一枚ずつパーラで持ち上げ、焼き加減を調整し、カイトはピザを取り出した。

「うわっ、いい匂いだ!!」

焼きたてを食べてもらおうと、カイトはピザを四人分、いそいそと館へと運んだ。

「あ、カイト様!!」

待ちかねていた三人がもうテーブルについていた。

テーブルセッティングもできていて、あとは皿を並べるだけになっている。

「はい！　初めてのマリナーラです!!」

カイトがマリナーラをテーブルに置くと、リリアたちから歓声が上がった。

「うわあ……なんだか夕陽みたいに真っ赤なピザですね!!」

リリアが感激したように言う。

「なんて艶のある赤い色!!　ちりばめてある黒い粉は？」

「ハナハッカです、香り付けに」

「いい匂いだな……」

「ニンニクがよくきいていると思いますよ、さあどうぞ！」

「いただきます！」

四人は同時にピザに食いついた。

「……んんっ」

誰からともなく、ため息がもれた。

「はふう……トマトの爽やかな酸味が染み渡りますね……」

「ニンニクがパンチがあって、味が引き締まるね!!」

「生地が……生地がもちもちだ!!」

全員が夢中で食べ、あっという間に皿が空になった。

「ふう……」

食卓にまったりとした、幸せな空気が流れる。

満腹感と口の中に残る旨味を堪能する、心地のいい時間だ。

昨日も思ったが、自分が丹精こめて作った料理を美味しいと言って食べてもらえるのは、思っていた以上に嬉しいことだった。

よーし、また作るぞ！　とやる気をもらえる。

「ふー、大満足だよ。ありがとう！」

ふきんで口をぬぐいながら、エドモンドが言う。

「お茶とデザートのゼリーをお持ちしますね」

フィオナがいそいそとテーブルを片づけ、カップの用意をしてくれる。

「いやー、いいものだね。家族との団らんというものは」

「そうですね」

「私たちも嬉しいよ、家族が増えて」

「……それはどうも」

これはどういう意味なのだろう。

カイトは悩んだ。『家族同然』なのか、文字通り『家族の一員』なのか。

それが問題だ。

困惑しすぎてハムレットっぽい台詞が急に頭に浮かんでしまう。

「さあ、召し上がって」

「いただきます」

カイトはフィオナが出してくれたゼリーにさっそく手をつけた。

「ああ、すうっとしますね」

口の中が洗われるような、清涼感たっぷりのゼリーだ。

「ミントですか？」

「メンテーとレモンのゼリーよ」

メンテーとはどうやらミントのような、すっきりした香りのするハーブらしい。

「甘みはスイートスライムのエキスです」

「えっ？　スライム!?」

カイトはぎょっとしてゼリーを見つめた。

「ええ、美肌成分があって、お肌がつやつやになります」

フィオナが当たり前のように言う。コラーゲンのようなものか。さすが異世界。

「美味しいです」

「ありがとう」

甘みは薄かったが、ピザの後にはちょうどいい。

領主の食堂には、絵画や置物などが置かれている。

そのとき、カイトはふと目に止まった花冠（はなかんむり）のドライフラワーを指差した。青と白の小さな花が編み込まれている。

「あれは何ですか？」

「ああ、あれは私たちの結婚式で使った花冠だよ」

「記念にドライフラワーにして置いてあるの」

「へえ……」

頭にあれをかぶっていたのか。確かに青と白の花冠は清楚な感じで、結婚式に似合いそうだ。

「ウチの村では花婿が花嫁のために、青と白の花をとってくるのが慣習になっているんだ」

「花婿からの贈り物で髪を飾って結婚式をするのよ」

「あの花は、ブルーベルとホワイトベルといって岩山の断崖にしか咲かない花で、とってくるのが大変な貴重な花なんだ」

「だから、贈り物として価値があるのよ」

「ほう……」

何だか成人の儀式っぽい。

バンジージャンプみたいなものですか？

と思わず聞きそうになり、カイトは慌てて口をつぐんだ。何となく違うのはわかる。

「カイトさんもとってきてくれるわよね？　リリアのために」

「はっ……」

フィオナの思わせぶりな言葉に、カイトはハッとした。

期待に満ちた、領主一家の視線が向けられている。

うおおお、ちょっと気を抜いたらこれだ!!

やばい、やばいぞ！

カイトは慌てて目を泳がせた。

「あっ！」

「何かね？」

「あの、盾みたいな、綺麗なものは何ですか？」

カイトの目を惹いたのは、壁に飾られた玉虫色に光る盾のようなものだ。緑がかっていて、見たこともない質感と光沢がある。

「おお、カイトくんはお目が高い!!」

エドモンドが嬉しそうに頷いたので、カイトはホッとした。どうやら話題をそらせることに成功したようだ。

「あれはね……ドラゴンの鱗だよ」

「ドラゴン？　ドラゴンがいるんですか？」

一瞬、からかわれたのかと思ったカイトだが、エドモンドをはじめ皆真顔だ。

「ああ、いるよ」

当たり前のように言われ、カイトは驚いた。

そうか、エルフやスライムのいる世界なのだから、ドラゴンがいてもおかしくないが……。

しかし、ドラゴン……。

巨大な体軀で空を駆けたり、炎を吐いたりするんだっけ?

「この近くにもいるんですか?」

「二ツ山の奥深くに一頭住んでいるよ。いつもは眠っているんだが、時折目を覚ますんだ」

「二ツ山……?」

「東の方に見えるコブが二つある山のことだよ」

「あれですか……」

確かに特徴的な山なので覚えている。はるか遠くに見えるようで、ドラゴンならひとっ飛びの距離だ。

そんな近くにいるなんて……。

「あの……村を襲ってきたりは……」

「最近は山に食料があまりないようでね、稀(まれ)に人里に下りてくるんだよ……」

「人を食べるんですか!?」

「いや、家畜を襲ったり畑を荒らすことが多いかな」

「……」

自分たちの世界のイメージでは、冬眠から覚めた熊が下りてくるみたいな感じらしい。

そして、たまに人を襲う的な。

「あの、平然としていらっしゃいますが、それって大変なことでは？」

「ああ、もちろん。困るんだよね……。図体がでかいし、恐ろしいし」

「どう対応するんですか？」

「皆で大きい音を立てたりして山に帰ってもらうことが多いかな。まともに戦っても勝てないから、むやみに攻撃したりはしない。最悪の場合は王宮から兵士を呼ぶしかないが、我が国の兵士はさほど強くないからね……」

「……」

そんな脅威(きょうい)と戦っているとは知らなかった。

ていうか、誰もあまり気にしていないというか。

さほど被害が大きくないのと、戦う手段がないので、天災のように思っているらしい。

「ただ、悪いことばかりじゃなくて、それがこの鱗なんだ。古くなって自然に落ちた鱗はいい商品となる。高値で取引されるんだ。この鱗は代々ウチに伝わるものだけどね」

「へえ……」

「ドラゴンの鱗は強度が高く、耐久性も高いから貴重なんだ」

「なるほど」

異世界ならではの話に、カイトは興味を引かれた。

「ドラゴンの肉って……美味しいんですかね」

そんな言葉が自分から飛び出して驚く。

どうやらハイカロリー勇者となって、何でも食材として考えてしまう思考になったようだ。

「諸説あって、不老不死の力が手に入るとか、一口で村一つを滅ぼせる猛毒だとか……まあ、本当に食べたことのある人なんて聞いたことがないけどね」

「へえ……」

まだまだこの世界で知らないことがいっぱいある。

きっと新しい食材にも出会えるだろう。

カイトはもっとこの世界のことを知りたくなった。

　翌日、朝食を済ませると、カイトはリリアと共に隣の店に入った。

　朝の空気は清々（すがすが）しく、気分良く仕事にとりかかれそうだ。

「よし、まずは窯（かま）の手入れからだな」

「お手伝いします～」

　リリアがまた申し出てくれる。

「……ありがたいけど、そうっとやってくれる？」

　昨日の惨状が目に浮かび、カイトはリリアに念を押した。

「はい、そうっとですね!!」

　リリアが掃除用のパーラを手にした。

「いやいや!!　そんな動きをスローにするわけじゃなくて、そうっと掃いてほしいだけ!!　一秒に一センチずつ動くとか、そういうのを求めているわけじゃないから!!」

　リリアは相変わらず面白い。

掃除が終わり、窯に火を入れようとしたカイトは薪が残り少ないことに気づいた。

「ありゃ、薪がないな……」

「じゃあ、木こりのハンスに頼みましょう。配達してくれますよ」

リリアの言葉にカイトは少し驚いた。

「へえ、木こりさんがいるのか……」

薪の手配をリリアに頼み、カイトは生地作りに入った。まだ材料が残っている。

そういえば、材料って恒久的に補充されるのだろうか？　最初だけでいつか補充されなくなるんだとしたら、そのうち材料は自分で確保しなければならない。

やっぱりお金が必要だ。

生地を練りながら、カイトが金策を考えていると、ドアがノックされた。

「こんにちはー、木こりのハンスです。薪を持ってきましたー」

「お、早い!!」

ドアを開けると、くるくる巻き毛の青い目をしたエルフがいた。うん、エルフのはずだ。金髪だし、耳の先も尖っている。

だが、ハンスはカイトの知っているエルフとはちょっと違った。

たとえばふっくらしたお餅のような丸い顔だ。リリアをはじめ、村人たちはエルフらしい面長である。

そして、その体型。モデルのような小顔、すらっとした体軀のエルフたちとはちょっと違う、ぽっちゃり型……いや、率直に言って樽型のデブだ。

服はぱつぱつで、ボタンが今にも弾け飛びそうになっている。

「初めまして、領主様に呼ばれて来ました木こりのハンスです！」

「ああ、初めましてハンス」

やはり村人のようだ。つまりは彼もエルフ……なのだろう。

カイトの戸惑いをよそに、ハンスが青色の目を輝かせる。

「俺、勇者さまとお話しできるなんて——すっごい幸せです!!」

「そ、そう、ありがとう」

ずずいとハンスが急速に距離を詰めてきたので、鼻と鼻がくっつきそうになった。

カイトは慌ててのけぞった。

何このテンションの高さ！　怖い!!

ハンスが嬉しそうに微笑むと、背中にかついだ大量の薪の束を下ろそうとした。

「これ、頼まれていた薪です。煙が出にくくて、煤も少ない広葉樹のものにしました」

「ありが——」

お礼を言おうとしたとき、薪が重すぎたのか、ハンスがバランスを崩した。

「あっ」

ガラガラと薪が雪崩れ落ち、その上によろけたハンスが倒れ込んだ。

バキバキッ。

「……」

ハンスの下敷きとなり、無残にも薪が数本折れてしまっている。

「ああっ、すいません!! すいません!! すいません!!」

ハンスが薪の上から何とか起き上がる。全体的にまるっこいので、転がりやすいのだろう。

「いやいや、大丈夫」

こちらが気の毒になるほど真っ青になったハンスを、カイトは慌てて宥めた。

何かこの人、やたら感情の起伏が激しいな……。

「俺、粗忽者で……申し訳ないです！」

「いやいや、気にしないで」

するとハンスがまっすぐカイトを見つめてきた。

まさか愛の告白!?

そんな風に思ってしまうほど、ハンスの目は熱っぽく潤んでいる。

おののいたカイトに、ハンスがぽつりと呟いた。

「勇者さまが俺たちの世界を選んでくれて本当に嬉しいです……」

「えっ……」

どうやら愛の告白ではないらしい。

カイトはホッとし、すぐに逃げ出せるようにしていた構えを解いた。

「ずっと女神様にお願いしていたんですが、勇者さまにも選択権があるとかで、なかなかやってきてくれず……」

「……」

「だから、本当に嬉しいんです！」

いやいや選んでないから!!　選択権はあるようで、結局なかったから!!　勝手に決められただけだから!!

ハイカロリー勇者になりたい！　なんて奴はいないから!!

カイトは胸の中でそう叫んだ。

しかし、女神が強引に俺をハイカロリー勇者として送り込んだのは、そういう事情もあったのか。

「どんな人が来るかドキドキしていたんですが、カイト様を見た瞬間、感激して涙がこぼれました！」

「そ、そう……」

そこまで期待されていたとは思わなかった。確かにエルフたちの歓待ぶりはすごかったが。

俺なんかで良かったんだろうか……。

「異国の出で立ちにエキゾチックな黒髪に黒い瞳。そして優しいお人柄。この世界に来てすぐさま素晴らしいピザという料理を振る舞ってくださったり……」

ハンスがぶるぶると感激に打ち震えている。

カイトの胸に罪悪感がわき上がってきた。

ご、ごめん。俺は特に選んだわけでもなく、『この世界を救うぜ！』みたいな強い決意があったわけでもなく、なんとなく流れでここに来て、なんとなくピザを作ってるだけなんです……。

でも、頑張るから許して!!

ハンスの夢を壊すわけにはいかない。カイトはぐっと言葉を飲み込んだ。

「でもきみ、歓迎会にはいなかったよね？」

人がたくさんいたとはいえ、ガリガリで華奢なエルフの中に彼がいたら目立っていたはずだ。

「はい！　勇者様の歓迎会に行こうと張り切っていたんですが、興奮しすぎて階段から落ちて、しばらく動けませんでした！　でももう大丈夫です！」

ハンスが肩からかけたバッグから、大きいガラス瓶を出してくる。中には黄金色のものが詰まっていた。そして、スプーンを取り出すと、おもむろにそれを食べ始めた。

何を突然始める気なんだ、彼は。

カイトはびくびくしながらハンスに尋ねた。

「それは……」

「蜂蜜です！　勇者様も食べますか？」

「いや、俺はいいよ……」

あの甘ったるい蜂蜜をそのまま食べるとか、ちょっと無理そうだ。

だが、ハンスは嬉しそうに瓶を空にしてしまった。

「はー、元気が出てきました！　では薪をまとめ直しますね！」

ハンスがエルフの中でただ一人、太っている理由がわかった気がする……。

その出っ張った腹をじっと見つめていると、ハンスがカイトの視線に気づいた。

「あ、やっぱり蜂蜜欲しいですか？　まだまだありますよっ！」

ハンスがバッグから、予備の蜂蜜の瓶をどんどん出してくる。道理でバッグがパンパンに膨れているはずだ。

「いやいやいやいや!!　どんだけ持ってるの！」

「蜂蜜をきらしたらと思うと怖くて……」

「きみ、依存症？　蜂蜜依存症でしょ!!」

「いぞんしょう？　それって美味しいんですか？」

ハンスが目を輝かせる。

「あの、食べ物から離れて……いや、もういい。きみは自由に生きて……」

「……？　はい！」

ハンスがいそいそと薪をまとめる。

「そうだ、よかったら看板を作らせてもらおうと思って、それ用の板を持ってきました」

「看板？」

確かに店をやるのであれば、看板があると便利だ。

「店のお名前はどうしますか？」

「店の名前……」

考えたこともなかった。

そうだよな、店の名前がいるよな……。

しかし、急に言われてもいいアイディアが出てこない。

「きみたち、一緒に考えてよ」

「はい!!」

リリアが早速手を挙げた。

「何？」

「〝おいしいピザ〟はどうでしょう?!」

多少期待していたカイトは、椅子からずり落ちそうになった。

気を取り直し、笑顔を作る。

「……ああ、うん、ありがとう。ただ、シンプルでわかりやすいけど、それ店名っぽくないよね。アオリとか説明とか、その類だよね」

「なるほどー」

考え込むリリアの隣で、ハンスがびしっと手を挙げる。

「いいアイディアが出た？」

「はい！」

ハンスが緊張の面持ちで口を開いた。

「ピザゆう」

「……ピザゆう？」

カイトはまじまじとハンスを見つめた。うん、真顔だ。冗談ではなく本気らしい。

「……もしかして、〝ピザの勇者〟を略してみたの？」

「はい!!」

「ああ、うん……一昔前のラノベのタイトルみたいになってるね。略すとちょっとわかりにくいかな？」

「長い方がいいですか？　じゃあ、〝勇者様の作ったこの世で最高のピザを食べられる店〟とかどうでしょう？」

「……ああ、うん。全部説明できてるし、どんなお店かよくわかるけど、長すぎて覚えにくいし言いにくいよね?」
　ダメだ、こりゃ。
　ああ、人に頼ろうとした俺が馬鹿だった。
　うーん、どうしよう。
　カイトは考え込んだ。
　やっぱり目立つ、華やかな名前がいいよな。語感がよくて、覚えやすいやつ。
　そのときふっとアイディアが浮かんだ。
　グレイトフル・ワールズエンド・ピザ、とか?
　素晴らしき世界の果てのピザ――。
　いいんじゃない?
　格好いいんじゃない?
「あのっ……」
　口に出そうとした瞬間、カイトはエルフたちに名乗ったときのことを思い出した。
　カイトの考えた二つ名に戸惑うエルフたちの顔、顔、顔――。いたたまれなかった。
　あの失態を繰り返しそうだ……。
　だいたい、この場所のどこがワールズエンドなんだよ。普通の村だっつーの。
　じゃあ、グレイトフル・アナザーワールド・ピザとか? ほら、異世界だから。

うん、全然美味しそうじゃない。なんか妙なものが出てきそうだし。

「どうしたんですか、勇者様？」

ハンスが心配そうにカイトを覗き込む。

「うん、大丈夫。シンプルイズベスト……。原点に戻れ、俺」

カイトは考えに考えた。

わかりやすく、俺の店だけがつけられる名前。

それでいて、入ってみたくなるような名前。

きっと美味しいものが食べられると、期待できそうな名前。

「……〝勇者のピザ屋さん〟でどうだろう？」

この世界で勇者は俺だけ。ていうか、たぶんピザを作る勇者は俺だけだ。

俺以外つけられない店名。

単純すぎだろうか……。

カイトはドキドキしながら、二人を見た。

「素晴らしいです!!」

「さすがカイト様!!」

ハンスとリリアが感激に打ち震えている。

「そ、そう？」

「最高ですよ！」

「さすがカイト様！」

誉められて悪い気はしなかったが、ここまで喜ばれると、何だかこの二人のレベルに合った名前だったのか……とも思ってしまう。

でも、わかりやすくていいじゃないか。

うん、それが何より!!

「さっそく、看板作りに入りますね!!」

ハンスが木工道具を取り出した。あのバッグ、いろいろ入っているんだな……。

久しぶりに木工道具を見てカイトは懐かしくなった。昔は授業で机を作らされたりしたなー。

あれ、結構危ないんだよな。木は硬いし、手元が狂う。

「ふあっ！」

彫刻刀のような道具で木の表面を滑らかにしていたハンスが、ずるりと手を滑らせた。

「ひいっ!!」

見ていたカイトは悲鳴を上げてしまった。

「あ、大丈夫ですよ」

「大丈夫じゃないし!!　もうちょっとで手を切るところだよ?」

まだドキドキしている。目の前で、すぱっと指とか切れそうだった。

「大丈夫ですよ〜」

ずるり。

また彫刻刀を持った手がかくんとしなり、鋭い刃先がハンスの出っ張った腹をかすめる。

「ひいっ!!」

もうダメだ、見ていられない。

「やめてハンス！　もう触らなくていいから!!」

「大丈夫ですよ〜。店の名前を彫っていきますね」

ざくっ!!

「ひっ！」

ハンスの指すれすれのところに刃が突き刺さった。

「あれ？　抜けないなあ……」

「ハンス、ちょっとハンス、ハンス――――!!」

カイトは堪(たま)らず叫んだ。

「何ですか？」

「今、きみ指をつめるところだったんじゃない!?」

「大丈夫ですよー」

「大丈夫じゃない!!」

ダメだ。もう恐ろしくて見ていられない。

そもそも、縁起物である看板に血痕とかつくのも嫌だ。

どうしたらいい、どうしたら――。

「ハンス、頼みがある！」

「何なりと！」

ハンスがきりっとこちらを見る。

何て言って気をそらせようか……。

ん？　この流れ、何だかデジャブ……ああ、リリアか。リリアも別の意味で手がかかる。

「あの、俺に彫らせてくれないかな？」

「そんな！　俺がやりますよ！」

「いやあの、自分の店の看板だから、自分で作るのもいいかなーって……」

ハンスはまだ不満そうだ。

俺の役に立ちたい――そんな気持ちが痛いほど伝わってくるけど、それが裏目に出ている。

カイトは考えを巡らせた。

「きみには俺を応援してほしい」

「応援……？」

ハンスはまだ怪訝そうだ。

「その蜂蜜を食べてくれないかな？　バッグに入っているやつ」

「それはなぜ……？」

ハンスが不思議そうに、彫刻刀を片手にこちらを見てくる。

そりゃあそうだ。むちゃくちゃな提案だ。

「きみが蜂蜜を食べていると、俺まで元気をもらえるんだ。応援すると思って」

「わかりました！」

カイトの支離滅裂（しりめつれつ）な言いぐさの何がわかったのかわからないが、ハンスが嬉々（きき）として蜂蜜を食べ始めた。

「俺の周り、こんなんばっかりか……」

カイトは彫刻刀を手に取った。

＊

結局、カイトが看板を作り上げた。

慣れないうちはぎこちなかった作業も、終わる頃にはとてもスムーズになっていた。

俺ってわりと器用なのかもしれないな。

「ふう……できた!!」

「ふう……食べた!!」

カイトが看板を仕上げると同時に、ハンスが蜂蜜を食べ終えた。

ぎりぎり間に合ったようだ……。

「ハンスお疲れさま!! おかげで看板ができあがったよ」

「いい出来です!! 素晴らしいです」

「きみのおかげだよ」

きみが邪魔をしないでくれたおかげで、無事にできた……。

「勇者様のお役に立てて光栄です!!」

ハンスが感激して涙ぐむ。

「そ、そう……」

ほとんど俺が作ったけどね……きみは蜂蜜を食べていただけなんだけどね。

カイトはぐったりしながら微笑んだ。

慣れない作業で肩が凝(こ)っている。

それにお腹(なか)がすいてきた。

「お礼にピザを食べていってよ」

とりあえず邪魔しかしていなかったハンスだが、一応付き合ってくれたのでピザをご馳走(ちそう)することにした。

「えっ、いいんですか!?」

「うん、俺も腹が減ったから。リリアもだろ？」

リリアが凄まじい勢いで頷きを繰り返す。壊れた水飲み鳥のようだ。

カイトが焼き上げたマルゲリータを振る舞うと、ハンスが怪鳥のような声を上げた。

「ひょ————!!　すっごい美味しそうですね！　ああ、チーズとろっとろ……!!」

感激するハンスの姿にカイトは気づいた。そうか、ハンスはこれが初めてなのか。

「熱いうちに食べてよ」

ピザを見つめていたハンスが膝を打った。

「あ、これ蜂蜜と合うかも！」

「えっ」

蜂蜜ってまさか——。

そのまさかだった。

ハンスが嬉しげに蜂蜜の瓶を出してきた。

「まだあったの!?」

「いざという時の非常用の蜂蜜です!!」

「何それ!!」

「いただきます!!」

そう言うや否や、ハンスはドバドバとピザに蜂蜜をかけだした。

タバスコをかけている人は見たことがあるけど、蜂蜜とか――――!!

「ちょっ、ハンス!! ハンス――――!!」

カイトの声も裏返る。

「おいっしい――――!! 最高――――!!」

ハンスが身もだえして感激している。

「ああ、このチーズと絡まる蜂蜜!! 冴え渡ったトマトソースとの相性もバッチリです!!」

「そ、そう……」

意外と合うのか？

「俺、何でも蜂蜜をかけて食べるんですよ――」

その言葉に、カイトは何にでもマヨネーズをかけるマヨラーを思い出した。

そうか、異世界でも似たような奴がいるんだな。さしずめハニラー？

「勇者様も食べますか？」

ハニラーこと、ハンスがピザを一切れ差し出してきた。黄金色の蜂蜜が、たら――っと糸を引いている。

見た目は綺麗だけど――。

「いや、いいよ、全部食べて」

見ているだけで胸焼けがしてくる。
どんだけハニラーなの、きみ!!
――と叫ばなかった自分を誉めてやりたい。
薪を持ってきてもらうだけだったはずの一日が大騒ぎで終わってしまった。
でもおかげで店の看板ができた。
明日、看板を掲げるのを楽しみにするカイトなのであった。

「カイト様――――――!!」

　翌朝、窯の掃除をしていたカイトのもとに、リリアが飛び込んできた。思い切り開けられたドアが壁に激突している。

　必死で走ってきたらしく、ストロベリーブロンドの髪がぐしゃぐしゃだ。

「どうしたのリリア」

　リリアの大きい緑色の瞳がきらきらと輝いている。

「注文が入りました!!」

「えっ!!」

「ピザを一枚配達してほしいと!!」

「おお!!」

　初めてのデリバリーのお客様だ。

　カイトの胸は高鳴った。

「誰？　どんな人？　どんなピザが食べたいって？」

「カイト様、落ち着いてください」

勢い込むカイトを宥める（なだ）ように、リリアが微笑む。

「注文してくれた人は、ベリンダさんって人です」

「女性か……」

「はい！　すごく頭のいい方で、他国に留学経験もあって、今は城で女王の教育係として働いているんです」

「へえ――――！」

いわゆるキャリアウーマンなのか。

「お家は馬車で五分くらいのところです」

「馬車!!」

そういえば、配達するための足を見繕う（みつくろ）のを忘れていた。

この辺りでは、徒歩での配達は厳しそうだ。できるだけ焼きたてを食べてほしいし。

「馬車って……」

「あ、ウチの馬車をお使いください。屋根もついていないような、作業用の荷馬車ですけど」

「助かるよ!!」

まったく至れり尽くせりというか、世話になりっぱなしだ。

ちゃんと店を軌道にのせて、ちゃんと自分でやれるようにならないと。

「あ、それに俺、馬車とか運転？　操縦？　使えないんだけど……」

「馬車なら私が走らせられますので」

「ありがとう……!!」

なんだかんだでリリアも頼りになる。生地を練ったり、窯の掃除もできるし、何より馬車を操れるとは！

いい子なんだよな……しかも可愛いし。

確かに、こんな子がお嫁さんならいいだろうなあ。一緒に店を切り盛りして――。

一瞬、そんな妄想を浮かべてしまい、カイトは慌てた。

いやいや、今はまずデリバリーのことだろう。

「それでどっちのピザを？　今できるのはマルゲリータかマリラーナだけど」

「それが両方食べたいと……でも一人で食べるので、二枚は無理だと。どうしましょう」

リリアが困惑したように言う。

「一枚で両方……ハーフ&ハーフか!!」

「ハーフ&ハーフ……？」

リリアがきょとんとする。

「デリバリーピザの人気のタイプなんだ。一つの味だけだと飽きるとか、二タイプ食べたい人のためのメニュー。半分をマルゲリータ、半分をマリナーラにしよう!!」

「そんなこと、できるんですか!!」

リリアが驚いたように言う。

「焼き加減の調整はいるけど、大丈夫だよ」

「すごい……!! すごいです、カイト様!!」

リリアがあまりに感激しているので、カイトは照れくさくなった。

いや、ウチの国なら誰もが知っているようなことなんだけど。

「じゃあ、さっそく作るよ!!」

「私は馬車の用意をしてきます!!」

リリアが店を出ていくと、カイトはさっそくピザ作りに着手した。

どちらもトマトソースがベースなので、最初の手順は同じだ。

成形した生地の上にトマトソースを螺旋(らせん)状に広げていく。

そしてここからが腕の見せ所だ。

まずはちょうど半分だけにモッツァレラチーズとパージをのせる。

そして、もう半分にさっと塩とハナハッカを振り、スライスしたニンニクを敷いていく。

最後にオリーブオイルを全体にさっとかける。

「よし!!」

できあがった生地をパーラにのせて、窯に入れる。

半分ずつ違う具材なので、焼き加減が肝になる。

カイトは慎重にパーラで生地を回転させて、どちらにもちゃんと火が通るように気をつけた。

「そろそろいいかな……」

うまく焼き上がった。

カイトは更にピザをのせ、その上から銀の蓋をした。これである程度保温されるだろう。

「リリア――!!　できたよ――!!」

外に出ると、リリアがもう馬車に乗っていた。

一頭の白い馬が馬車に繋がれている。エルフの村の馬らしく、すらりとしたサラブレッドのようなスタイルのいい馬だ。

繋がれた馬車は板を組んでできたシンプルなもので、荷馬車そのものだった。

手綱をもったリリアが手を振ってくる。

「お待ちしてました！」

カイトはさっとリリアの隣に乗り込んだ。

「では、行きます!!」

「頼んだ!!」

リリアが馬車を走らせる。

速すぎず遅すぎず、快適な速度だ。スピード的には自転車に乗っているのと同じくらいなので、体がむきだしでも怖くない。

「リリア慣れてるねー」

「馬や馬車は子供のときから乗っていますから」

「そうなんだ……」

馬車なんて、テレビでしか見たことがないなあ、そういえば。

馬車はガタゴト揺れるが、風も気持ちいいし、悪くない。

「カイト様は馬には……？」

「乗ったことはないんだ。いや、一応あるかな。ポニーっていう小さな馬に子どもの頃、乗馬体験で」

どこかの遊戯施設に行ったときに、乗った記憶がおぼろげにある。だが、あれは係員の人が馬を引いてくれて、文字通りただ乗っているだけだった。

「俺も乗れるようになるかな……」

「それはもちろん!!　よかったらお教えしますよ」

「ありがとう」

馬車に揺られていると、あっという間にベリンダの家についた。

こぢんまりしているが、庭などのセンスがいい。

「こんにちはー、ピザをお届けに参りました」

すぐさまドアが開く。

出てきたのは、眼鏡をかけた二十代半ばくらいの女性だった。もっともエルフの年齢などわからないが。

長い栗色の髪を後ろで一つに束ねている。切れ長の目はオリーブグリーンで、いかにもお堅そうなキツめの美女だ。

「どうぞ、入って」

カイトたちは客間に通された。女性らしいというか、花柄(はながら)モチーフの落ち着いた色合いで統一された部屋だ。

「ちょっと話も聞いてみたいから、お茶をいれるわね」

「あ、はい」

配達したらすぐ帰るつもりだったカイトは少し驚いた。

だが、初めてのデリバリーのお客様だ。できたら反応を見てみたいし、意見も聞きたい。

「さ、どうぞ」

可愛らしい黄色の花が描かれたカップが出てくる。

しかも、小皿にクッキーまでのってきた。

「ありが――」

「いただきます！」

カイトがお礼を言う前に、リリアがさっとクッキーを口に運んだ。

「わあ、美味しい！　とうもろこしの粉を使ったクッキーですね！」

「ええ、そうなの」

とうもろこしの粉を使ったクッキー……俺も食べたかった。

だが、クッキーが四枚のっていた皿はもう空になっている。

リリア……この食欲魔人め。

当のリリアはそんなカイトの恨めしげな視線に気づかず、お茶を口にしている。

「じゃあ、私もいただくわね。これ、切って食べるの？」

ベリンダがナイフとフォークを手にする。

「あ、もう一切れずつ切ってありますので、手でとって食べてください」

「えっ……手づかみ!?」

ベリンダが驚いたようにカイトを見た。

「ちょっと手が汚れますけど、その方が食べやすいですし、美味しいです」

「……わかったわ」

ベリンダが意を決したように、マルゲリータを手にする。

いいところのお嬢さんなのかな。手で物を食べることに抵抗があるらしい。

マルゲリータを口にしたベリンダの目が大きく見開かれた。

「……!!」

「どうですか？」

「すっごく美味しい!!　チーズがとろっとろで……生地がもちもちなのね!!」

食べ終わると、ベリンダが今度はマリナーラを手にした。

「あっ、トマトソースの酸味がいいわね!!　ニンニクがよく合ってる!!」

美味しそうに食べるベリンダに、カイトはホッと胸をなで下ろした。

どうやら満足してもらえたようだ。

見事に完食し終えたベリンダが、ペーパーナプキンで口元をぬぐう。

「どうでした？　気に入ってもらえました？」

「そうね……」

ベリンダが首を傾げ、考え込んだ。

「マルゲリータの方はすっごく濃厚で、何も言わず野獣のようにすべてを奪い去っていく、アグレッシブな力強さがあるわ。筋肉の盛り上がった腕で強く強く引き寄せられたような、決して抗えず溺れていってしまう感じ——」

「……」

カイトはうっとりしているベリンダを、唖然として見つめた。

今の――ピザの話だよな？

「マリナーラの方はもっと明るい男性ね。素直で、でもちょっとシニカルなところがあるの。熱いハートをもって、さりげなくリードしてくれる感じ」

「……」

ベリンダはうっとりと陶酔してしまっている。

男性？　この人、ピザを『男性』に例えてるの？

そのとき彼女の本棚がカイトの視界に入った。難しそうな専門書が並んでいるなかで、ひときわ目立つ紫色の背表紙の一群が目についた。どうやらシリーズものらしい。

「……！」

何気なくそのタイトルを目にしたカイトは目を見張った。

――夜の砂漠で獣のように連れ去って――

――略奪された偽りの花嫁――

――魅惑の公爵の秘密――

――狂おしき背徳の館で――

どう見てもハーレクインロマンスのタイトルだ。

ベリンダはどうやらラブストーリーが好きらしい。さっきのピザの感想もこれで納得だ。

「何ですの」

「えっ」

いつの間にやら本棚を凝視してしまっていたらしい。

ベリンダが険しい表情でこちらを見ている。

「いえ、その、読書家だなーと思って……」

カイトはしどろもどろに答えた。

ベリンダが深いため息をつく。

「この国は文化水準が低くて嫌になりますわ。本もなかなか手に入らないから、月に一度の大市場の日を待たなくてはならないし」

「大市場の日って?」

「月初めの一日に、町の大広場に市がたつんですの。その日は他国からの商人たちが集まって屋台などのお店を出すので、普段手に入らないものが買えるの。すごく賑わいますわよ」

「へえ……」

食べ物だけでなく、本など様々なものが足りないらしい。

確かにこれは、勇者に来てほしいと待ち望むのもわかる。

「勇者様はこれからこの国をどう救おうと思っているんですの?」

「え……?」

「この世界を救うために来たんですよね?」

「ああ、まあ……」

そういうわけでも――とはとても言えない空気だ。

ベリンダは真剣そのものだった。聞きたいことがあると言っていたのは、ピザのことじゃなくて俺のことだったのか。

「あの、期待外れかもしれないんですけど、俺ってそんなにすごい勇者じゃないんですよ」

「……」

「美味しいピザを作って、皆が元気になってくれればいいなってくらいの」

ベリンダがじっとこちらを見ている。

「だから、そんな国を救おうとかご大層な考えはなくって、美味しいものを食べてもらえたらいいなーって」

「……」

がっかりさせてしまっただろうか。

黙って聞いていたベリンダがようやく口を開いた。

「私、最初はあなたをどう思っていいのかわからなかったんですの」

「え？」

「確かにこの国は勇者というものを必要としていた。でも、こののどかでおっとりとした人が多い国に〝勇者〟なんて異分子が来て、いろいろ壊れてしまわないかって心配もしていた」

「はあ……」

そんな風に考えている人もいたのか。

「でも、あなたの話を聞いて安心しました。あなたが来てくれてよかったですわ」

「えっ……」

「この国は変化や発展にあまり積極的じゃなくて、古い慣習に囚われている人も多い。それを打破するのはなかなか難しいけれど、勇者という強力な変革者の登場でいい方向に変わってくれたらと思っています」

ベリンダがカイトを優しく見た。

「あなたならきっと、穏やかに少しずつ変えていってくれるでしょう」

「あ、どうも……」

どうやら誉めてくれているらしいのはわかった。

「じゃあ、また頼みますわね」

「これからメニューを増やしていこうと思っているんですけど、何か希望はありますか？」

カイトはせっかくなので尋ねてみた。

「そうね……」

ベリンダがじっと考え込んだ。

「甘い物もメニューにほしいかしら」

「甘い物……」

　さすが女性だ。思ってもみないリクエストにカイトは驚いた。

「わかりました、検討してみます」

「よろしくね」

　そういえば、ピザのチラシにもデザートが必ず載っているよなあ。頼んだことはないけど。

　ベリンダに代金をもらい、カイトは家を出た。

「なんか……すごいね、彼女」

「ベリンダさんは有名な才女なんですよー。いつも難しいことばかり考えてるの」

「そうなんだ」

　いろんな人がいるなあ。

　こうやってピザを通して人と出会えるのは楽しい。

　思ったよりやり甲斐のある仕事に思えてきた。

「……ベリンダさんのことを考えているんですか？」

「えっ」

　低い声に驚いて、カイトは手綱を持ったリリアを見た。

「ベリンダさん、美人ですもんね。頭のいい、聡明な女性って魅力的ですよね」

　リリアがぷいっと顔をそらす。

何を拗ねてるんだろう？

とにかく機嫌を取らなくては。

「リリア、お疲れ様！　おかげで初デリバリー大成功だよ！　家に帰ったらお礼にピザを焼くからさ！」

「……」

「リリア？」

無言のままのリリアの顔を、カイトはドキドキしながら覗き込んだ。

「……チーズたっぷりにしてくださいね」

「うん、任せて!!」

ようやく機嫌が直ったらしいリリアに胸をなで下ろすカイトであった。

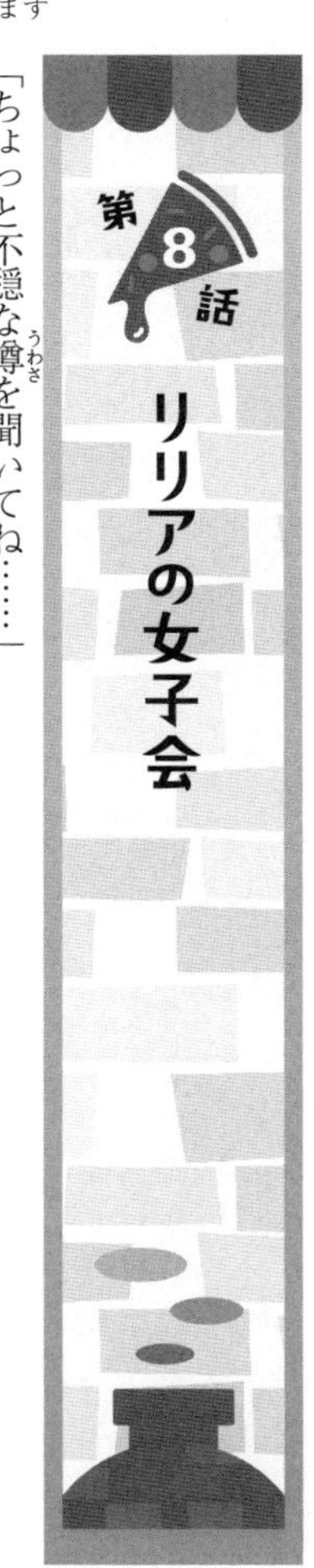

第8話　リリアの女子会

リリアの家族たちといつものように朝食を食べているとき、エドモンドが重苦しそうに口を開いた。

「ちょっと不穏な噂（うわさ）を聞いてね……」

「えっ……」

「王宮にいる女王、エレオノーラ様のことなんだが……」

「女王、ですか……」

イマイチピンとこないが、国のトップということらしい。

「昨年、国王夫妻が亡くなられて、エレオノーラ様が十六歳という若さで国を治めている。次期国主として幼い頃から育てられ、非常に優秀で責任感の強い方なんだが」

言いづらそうにエドモンドが口をつぐむ。

「その、エレオノーラ様が何か？」

「どうやらきみのピザを快（こころよ）く思っていないらしい」

「えっ……？」

「彼女は食生活もかなり気を遣っていて、基本的に野菜や果物しか食べないんだよ。それこそがエルフの食事だと言っていてね」

「ああ……」

ベジタリアンのようなものか。あと、オーガニックとか何とか。

つまり、ピザのようなジャンクで高カロリーなものは邪道だと。

「そんなわけですまないね、せっかく勇者として来てくれたのに、王宮に招待もできず」

「あー、いえいえ」

別に王宮に興味などない。

エドモンドは恐縮しているが、カイトは堅苦しいことが苦手だ。

ピザを作るなと圧力をかけられたら困るが、単にお気に召さないだけなら問題ない。

「それはそうと、今日はリリアの友人たちを歓待してくれるそうだね？」

「ええ、広間をお借りします」

リリアから頼まれて、友達三人にピザを振る舞う予定だ。

残念ながら店は今のところイートインできる場所がないので、領主の館の広間を使うことになっている。

「……リリアは本当にいい夫を持った……」

感極（かんきわ）まったように言うエドモンドに、カイトは焦（あせ）った。

「あのですね、別に結婚したわけでは……」

「うんうん、わかっているとも。二人とも若いのだから、急ぐことはないよ。とはいえ、他の女性に対しては、ある程度の距離と節度を持ってもらわねばね」

「あの……」

それは結婚することがほぼ確定ということでは……？

だが、エドモンドはカイトが話す前にまくしたててきた。

「わかる！　わかるよ！　勇者であり、エキゾチックな外見を持っているきみに、村の若い女の子たちは興味津々（しんしん）だ。若い男性としては心を惑（まど）わせることもあるだろう！」

「えっ、別に……」

とにかく今はこの世界でやっていくことと、ピザの店を軌道（きどう）にのせることしか考えていない。

「隠さずともよい!!」

エドモンドがカイトの両肩に手をがしっと置いた。異様に目が輝き、口調には熱が入りだした。

「男同士よくわかるよ、その気持ち！　男は永遠の狩人（かりうど）だから！　だがね、ゆめゆめ妻の友人に手を出してはならないよ。それはそれは恐ろしい結果になるからね……！」

エドモンドが恐怖に顔を引きつらせる。

もしや、それって自分の経験なの？

「男性はうまく隠せると思いがちだが、それは浅はかというもの！　女性たちのあの第六感とでも言うのかね、鋭い勘によって簡単にバレるからね。そうするともう針のむしろだからね！」

「あの、別にリリアの友達に手を出したりはしませんが……」

「うんうん、やはりきみは私の見込んだとおり、誠実な男性だな！　リリアを頼むよ」

「えっ……」

またもや外堀を埋められた気がして、カイトは愕然とした。

「あ、あの……」

「じゃあ、リリアたちをよろしく頼むよ。私はこれから会合に出なくてはならない。では！」

カイトが話す間もなく、エドモンドがさっさと部屋を出ていく。

どうして皆、俺の話を聞いてくれないんだ。

徒労感に見舞われたカイトだが、仕方なく店に向かった。とにかく昼までにピザの下ごしらえをしなくてはならない。

＊

「わー、こんにちは!!」

「今日はお招きありがとうございます!!」

耳にキーンと響く高い声で挨拶(あいさつ)した女の子たちは、カイトへの露骨(ろこつ)な興味を隠そうともせず輝く瞳を向けてくる。

「どうも初めまして」

「やだなあ、歓迎会で会ってますよ！」

「あ、でも自己紹介がまだですよね？」

「アリシアです」

「エリザベスです」

「シャーロットです」

「あ、どうも……」

全員、金色のストレートロングなので正直見分けがつかない。

小柄(こがら)なのがアリシア、背が高いのがエリザベス、少し鼻にそばかすがあるのがシャーロット、ということで何とか覚えられそうだ。

「じゃあ、ピザを焼いてもってくるから」

「私たち、テーブルセッティングしておきますねー。あ、これ、ウチの親が勇者様にって」

アリシアが差し出してくれたのは、ほうれん草のような青菜とキノコらしきものだった。

「ウチの畑でとれた野菜です」

「ありがとう……」

普通にマルゲリータを作ろうと思っていたカイトだが、もらった野菜を見て気が変わった。

違うものを作るのも面白いかも……。

「あ、リリア、これリンゴジュース」

エリザベスが瓶に入ったジュースを置くと、シャーロットも紙袋を出してきた。

「私はペーパーナプキン。ふくろうの模様が可愛いでしょ！　先月の大市場で見かけて買っておいたんだー」

少女たちがきゃっきゃと話す声を背に、カイトは部屋を出た。

異世界でエルフとはいえ、女子たちのノリやテンションは元いた世界とあまり変わらない。

これが女子会というやつなのだろうか。カイトには縁のなかった世界だ。

「よし！　腕を奮うか」

カイトはもらった青菜をさっと茹で、キノコは薄くスライスしておく。

次はピザ生地の成形だ。リリアはもちろん、あの年頃の少女たちは食欲旺盛だ。Ｌサイズのピザを一枚ぺろりと食べてしまうだろう。

自分の分を含めて五枚作る。

そして、トマトソースを塗って、青菜とキノコのスライスを並べる。

「うん、いい感じになりそうだ！」

カイトはピザをどんどん焼き始めた。

＊

「はい、お待たせ〜」

ピザを運ぶと、待ちかねていたリリアたちが立ち上がって出迎えてくれた。

「わ――――!!」

テーブルに並べた途端、リリアたちから感激した声が漏(も)れた。

「素敵!!」

「もしかして、〝花〟ですか？」

「うん、そのイメージ。花に見える？」

「見えます!!」

スライスしたキノコは花びらに、茹でて切った青菜は茎と葉っぱに見えるよう並べてみた。

喜んでいるところを見ると成功したらしい。

「アリシアからもらった野菜をさっそく使ってみたよ。ありがとう」

「わあ、感激です!!」

アリシアが顔をほころばせる。

「これ、何てピザですか？」

「カプリチョーザだよ。シェフの気まぐれピザ、って意味。いただきものの野菜でアレンジしてみたんだ」

「すご――――――い!!」

「さ、食べて食べて」

少女たちの喜びようを見て、見た目は大事だとカイトは改めて思った。

食事はまず色合いなどを目で楽しんでから口に運ぶ。だから、そこを頑張れば皆期待して口に運んでくれる。

「美味（おい）しい！」

「すごい!!　食感がいいですね!!　とろっとしたトマトソースに嚙み応（ごた）えのある野菜、生地はもちもちだし、食べれば食べるほど、いろんな楽しみがある!!」

「これ、飽きないよね!!」

ピザを食べた少女たちから、次々賞賛の声が飛び出した。

ピザ作りには自信があったが、今日は改めてリリアの友達を歓待する目的があったので、カイトは多少緊張していた。

だが、その緊張がようやくほどけた。

良かった……。

少女たちはLサイズのピザをぺろりと平らげた。

「大丈夫？　お腹すいているならまた作るけど……」

「大丈夫です!!　これ以上食べたら晩ご飯が入らなくなっちゃう」

「……そっか、晩ご飯も食べるんだ……」

Lサイズのピザがおやつ代わりか……若いってすごいな。

そのとき、カイトは女の子たちが生き生きしていることに気づいた。頬はほんのり赤く染まっているし、心なし、肌も輝きを増している。

パワー漲る美味しいピザの効力だろうか。それならば嬉しいのだが。

「お店をやるって聞いたんですけど」

「うん、とりあえずテイクアウトでやろうと思って。希望があれば配達もするから、周りの人に言っておいて」

「ピザっていくらなんですか？」

「銀貨一枚だよ」

エドモンドたちと相談して決めた価格だ。

一回の食事としては高めらしいが、原価を計算するとこれでも格安の部類らしい。

今はカードで材料が手に入るが、もしその配給がなくなったときのことを考え、この価格設定となった。

それに、今後店を広げていくことも考えているので、お金を貯めていきたいのだ。

「よろしくね」

「は－い!!」

お腹いっぱいになった少女たちにお茶を出す。

「ありがとうございます～」

「ところでこの世界のことがよくわかってないんだけど、きみたちって今は学生なのかな?」

「高等学院に行くのは頭のいい子たちだけですね。試験がすごく難しいから」

シャーロットの言葉に皆頷く。

「だから私は家の果樹園を手伝ってて、アリシアは実家の洋品店を手伝ってます」

「アリシアはすっごく裁縫がうまいんだよね－。お母さんが裁縫教室の先生だし」

「私たちはその生徒なんです」

「なるほど、習い事の友達なんだね」

そのとき、ふとカイトは気づいた。彼女たちってエレオノーラという女王と同年代だよな。

「きみたちエレオノーラ様って会ったことあるの?」

「ええ。収穫祭などに来てくださったときに、ご挨拶を」

「どんな人?」

途端に女の子たちの表情が輝いた。

「すっごく綺麗で――！」

「クールなんですよね、落ち着いていて！　同い年とは思えない！」

「ねー、別格だよね！」

「やっぱり王家の跡継ぎとして育てられてきたから！」

どうやらエレオノーラは少女たちの憧れらしい。

「でも大変みたいですよー。急に後を継ぐことになって、他国との関係も維持できるか危ぶまれていて」

「ああ……」

あまり政治の経験もない若い少女だと、老獪な他国の国王たちから軽んじられるだろう。

「まあ、もともとウチは弱小国家だから、あんまり扱いは変わらないかもね！」

「周辺国の中で一番小さくて、一番貧乏だもんね！」

あっけらかんと笑う少女たちに、カイトは苦笑した。

確かに豊かではないけれど、ここではゆったり時間が流れていく。

一生懸命ピザを作っているとあっという間に一日が終わってしまう。

こういう時間を持てるとは思わなかったなー。

かっこいい勇者もやってみたかったけど、常に戦いの場に身を置くって実はすげー大変なんじゃね？

気は休まらないし、責任重大だし。怪我もするだろうし、人が死んだりとかつらいし。

俺にはこっちが向いていたのかもなー。

「で、勇者様」

アリシアがからかうような、好奇心でいっぱいの目を向けてきた。

カイトはぎくりとした。嫌な予感がする。

「リリアとはどうなっているんですか？」

「結婚するってほんとなんですか？」

「一緒に仕事もしているんですよね？」

矢継ぎ早に質問され、カイトはおろおろした。

「えっと、そのね……」

ちらっとリリアを見ると、恥じらうように頬を染め、こちらをちらっちらっと見ている。

「あ、俺、窯の様子を見に行かないと!!」

「あ、逃げた！　シャイなんだね、勇者様」

「顔、真っ赤だったよ。ってリリアも真っ赤だ!!」

少女たちの笑い声を背に、カイトは慌てて店へと逃亡した。

第9話　エレオノーラの秘密

いつものようにカイトが開店前の窯(かま)の準備をしていると、店のドアがいきなり開けられた。

「カイトくん！　大変だ!!」

血相を変えて飛び込んできたのはエドモンドだった。

「どうしたんですか？」

彼の顔色から、とんでもないことが起こったのは察しがついた。

「今、王宮から密使(みっし)がやってきた！」

「えっ、王宮から……？」

カイトはドキリとする。

王宮にいるエレオノーラ女王はピザのことを快(こころよ)く思っていないと聞いた。

密使を送ってくるとは、もしや王家反逆罪とかで投獄されるとか？

一瞬にして、恐ろしい想像が脳裏を駆け巡る。

「こっそりと王宮にピザを持ってこいとのお達しだ」

「な、なんで……？」

「わからん。とにかく誰にも知られずにピザというものを持ってくるようにと言われた。もう馬車も用意されている」

「えっ……」

「とりあえず来てくれないか」

そう言われ、カイトは急いで店を出た。

館の前には見たことのない漆黒の馬車があった。漆を塗ったかのように艶やかで、縁の飾りは金色だ。一瞥しただけで、リリアの荷馬車とは別格の高貴な馬車だとわかる。

繋がれた馬も見事な黒馬で力強く、一瞬にして道を駆け抜ける様が思い浮かぶ。

その馬車の前に、これまた黒ずくめの男が立っていた。

頭には黒い帽子、鼻から口元はマスクのような黒い布で覆われ、かろうじて露になっている目は鋭く光っている。

黒いマントの陰からちらりと見えたのは剣ではなかろうか。

あからさまに剣呑な雰囲気だ。

この牧歌的な世界に来て初めて緊張するような相手と会ったカイトは、ごくりと唾を飲み込んだ。

「あなたがカイト様？」

くぐもった声で使者が尋ねてきた。

「そうです」

「私は王宮から遣わされた者です。密命を帯びて参りました」

「密命……」

えらく重々しい言葉に、カイトはますます不安が募った。

「聞けば、あなたはピザなるものを、この世界にもたらした勇者なのだとか」

「はい……」

そんな大げさなものでもないような気もするが、カイトは一応頷いた。

「勇者による急激な変革に国は懸念を抱えております」

「はあ……」

急激な変革って……たかがピザなんだけど。

確かにこの国の食生活からすると、かなり刺激的な食べ物だとは思うが。

でもピザですよ？

「結果、秘密裏に速やかに、精査する必要があるとの結論が出ました」

「はあ……」

秘密裏に……。

この周辺に不釣り合いなあからさまに高級な黒い馬車は、とても人目を引く。

現に、近所の人たちが遠くから物珍しそうに見守っている。

めっちゃ目立っているんですけど。

以前、エドモンドがこの国の兵士たちはあまり頼りにならないようなことを言っていたけれど、王宮からの密使がこれじゃ無理もない。

黒い馬車なら、せめて闇夜に紛れて来るとかしてくれないと。

こんな天気のいい日の真っ昼間に見晴らしのいい場所へ来るなんて、カイトから見ても噴飯ものだ。

急に笑いが込みあげてきて、カイトは必死で太腿をつねらなければならなかった。

一応使者は真剣そのものなので、脈絡なく笑いだしたら無礼打ちされそうだ。

「それで、ぐふっ」

カイトは必死で笑いを堪えた。

とにかくピザがどんなものか、害はないのか調べようということか。

「わかりました、ピザを作ればいいんですね？」

「できあがったものは速やかに馬車で王宮に運びます」

「すぐ作ります」

生地の発酵は終わっているので、あとは成形してトッピング、そして焼くだけだ。

「あの、一枚でいいですか？」

「ええ」

「一応、銀貨一枚なんですけど代金」

「王宮で渡します」

「わかりました！」

お金を払ってくれるのならば、ちゃんとした仕事だ。

カイトは張り切った。

ここはやはり定番（ていばん）のマルゲリータだろう。

手早く丁寧（ていねい）にピザを焼き上げ、カイトは皿にのせて銀の蓋（ふた）をした。

「できました！」

「馬車に乗ってください」

使いの男がドアを開けてくれる。

中は意外と狭い。だが、馬車とはこういうものなのかもしれない。

使いの男が馬車を走らせ始めた。

表の通りに出ると、自分を呼ぶ声が聞こえた。

「ん？」

カイトが窓から顔を出すと、リリアが追ってくるのが見えた。

血相を変えて必死で走っている。

「危ないから、走ったら！　ダメだって！」

　こちらは馬車なのだ。追いつけるわけがない。

「カイト様————!!」

　それでも、リリアは走り続けている。心配でたまらないというのが伝わってきた。

「ん？」

　意外なことにリリアは引き離されなかった。つまり、馬車に負けていないスピードで走っているということだ。アスリートのごとき見事なフォームで、ぐんぐん迫ってくる。

　速い!!　ちょっと怖いくらい速い!!

　リリアの鬼気迫る追走に、カイトはふっと『道成寺（どうじょうじ）』を思い浮かべた。

　恋した僧の安珍（あんちん）に裏切られ、巨大な蛇となって追いかける清姫（きよひめ）——いやいや、別にリリアを裏切ってなんかいないけども！

　異変を感じたのか、御者（ぎょしゃ）がスピードを上げた。

「あっ！」

　とうとう足がもつれたのか、リリアが思い切りすっころんだ。

　スローモーションのように両手を前にして思い切りダイブするリリアを、カイトは見つめるしかなかった。

　そして、リリアはずざ————っと地面を勢いよく滑っていった。

「リリア――――!!」
地面に倒れ伏すリリアと、慌(あわ)てて駆け寄る人たちが遠くなっていく。
ああ、大丈夫かな。
しかし、助けに行けるわけでもなく、カイトはやきもきしながら馬車に揺られた。
しばらくすると、王宮が見えてきた。
「わあ……」
そびえたつ尖塔(せんとう)がまず目に入る。白を基調とした立派な城だ。
あれだな、あれに似てる。
ドイツの何とかっていうお城。シンデレラ城のモデルになったとかいう。
なんか、舌を噛みそうなアレ。
なんだっけ。ノイシュバイン何とかだっけ。
必死で記憶を探っているうちに、馬車が裏門の前に着いた。
城は周囲を堀に囲まれている。
合図をすると、ゆっくり門が開き、重そうな木の跳ね橋が下りてきた。
なんか、映画とかで見たなあ、こういうシーン。
カイトはちょっと感動した。
そうだ、俺は今異世界にいるんだよなあ。

馬車がゆっくり跳ね橋を渡っていく。

城の中に入ると、ゆっくり跳ね橋が戻っていった。

「どうぞ」

馬車が止まったので、御者がドアを開けてくれる。

ゆっくり降り立ったそこは、鬱蒼とした木々に囲まれた一角だった。

「こちらです」

しんと静まり返った森の小径を抜けると、そこには王宮の壁が見えた。

密使が壁を何回か叩くと、どう見ても壁にしか見えない箇所がゆっくり開いた。

明らかにどう見ても裏口――いや、隠し扉という方がぴったりかもしれない。

「さあ、中に入ってください。早く」

「わかりました！」

カイトはドキドキしながら中に入った。

中は窓もない薄暗い廊下で、壁に飾られた燭台のロウソクの火がおぼろげに周囲を照らしていた。

密使の後に続き、カイトはある部屋に通された。

そこも窓はなく、昼間だというのにとても暗い。

「さあ、ピザを渡して」

「はい」

「ここで待っていてください」

そう言うと、ピザの皿を手にした密使が出ていってしまった。

地下牢のような薄暗い部屋には、椅子とテーブルが一つずつ置かれているだけだ。

カイトは仕方なく、硬い椅子に腰掛けた。

何このおどろおどろしい感じ。どんどん気分が滅入ってくる。

テーブルの上には真鍮の燭台が置かれている。かろうじて明かりを灯しているロウソクの火が、ゆらゆらと儚げに揺れていた。

早く帰りたいなあ。

「ふう――――――」

カイトは深いため息をついた。

すると、その息がかかったせいか、燭台のロウソクの火がふっと消えた。

窓もない閉ざされた部屋なので、一瞬で真っ暗になる。

「わあああああ!!」

怖い!!　何も見えない!!

カイトは手探りで何とかドアに辿り着くと、転がるようにして廊下に出た。

幸い、ドアには鍵がかかっていなかったようだ。

「うわあ、びっくりした!!」

まだ心臓がバクバクしている。

こんなわけのわからない場所で真っ暗闇なんて冗談じゃない!!

「どうしよう……」

薄暗い廊下で、カイトは呆然と立ち尽くした。

人の気配はまったくない。

ここで使者が来るのを待つ? いつまで?

壁の燭台のロウソクも不安定な揺れ方をしている。

ダメだ。あのロウソクまで消えたらと思うと、いてもたってもいられない。

カイトは使者を捜しに廊下を進んだ。

廊下は円を描くようにして緩いカーブが続く。そして、突き当たりにようやくドアらしきものが見えた。

ドアはうっすら開いており、明かりがもれていた。かなり明るい自然光のようで、どうやら窓のある部屋らしい。

カイトはそっと中を覗いた。

部屋は先ほどカイトがいた牢獄のような部屋とはまったく違い、濃い青色の絨毯が敷かれていて、中の調度品なども美しく、ちゃんとした客間のようだった。

その中央に美しい水色のドレスを着たエルフの少女がいた。淡い黄金色の髪の上につけられているのは立派な冠(かんむり)だ。

立っているだけでまるで一幅(いっぷく)の絵のような、完璧な美貌(びぼう)とスタイル、そして高貴な出(い)で立ちをしている。

「もしかして……彼女が例のエレオノーラ女王？」

カイトは小さくそう口に出していた。

エレオノーラは微動だにせず、目の前の白い大理石のテーブルに置かれた皿を見つめている。

「あ……」

あれは俺のピザだ。

エレオノーラは険(けわ)しい表情で腕組みをし、厳しい目でピザを睨(にら)んでいる。そういえば、エドモンドが彼女はヘルシー志向でジャンクなものが嫌いだと言っていた。

「……ふん、これがピザか」

エレオノーラがぽつりと呟(つぶや)いた。

そして、震える手でピザを一切れ手に取った。

「……っ」

どうするんだろう。投げ捨てられるとか？

カイトはドキドキしながら見守った。

すると、エレオノーラがピザをこわごわ口に運んでいく。

ゆっくり咀嚼(そしゃく)すると、エレオノーラの青い瞳がカッと見開かれた。

口に合わなかっただろうか——。

しかし、次の瞬間、エレオノーラが凄(すご)い勢いでピザを食べ始めた。それは飢えた獣(けもの)が肉を貪(むさぼ)るかのようだった。

「うわ……」

ピザを噛みちぎり飲み込むと、すぐさま次のピースを手に取り、あっという間にピザを全部平らげてしまった。

おいおい、あのピザ、四人前のＬＬサイズだぞ……。

何というか、リリアとはまた違う激しい食欲だ。

驚きのあまり、カイトはドアに寄りかかってしまった。

「あっ！」

ドアが全開になり、バランスを崩したカイトは部屋に倒れ込んでしまった。

しまった！

慌てて顔を上げると、びくっとこちらを見たエレオノーラと目が合ってしまった。

エレオノーラの薄青の瞳がこぼれんばかりに見開かれる。

「うひょっふほおおおおおお!?」

高貴な女王様から聞いたこともないような奇声が飛び出す。

「おっまえ、なんでここにいるのじゃ!!」

口の周りにトマトソースとチーズをくっつけ、エレオノーラが叫ぶ。

こちらを差す指は油でぎとぎとだ。

「す、すいません！　ロウソクが消えてその……誰も来ないのでこちらから捜しに……」

カイトはしどろもどろになった。

エレオノーラがじっとこちらを睨んでいる。

「あの、エレオノーラ様、ですよね？」

カイトは一応尋ねた。

エレオノーラが渋々頷く。やはり彼女が十六歳にして国を治めるという女王だった。

「……おまえがハイカロリー勇者か」

「はい」

改めてその名で呼ばれるとかっこ悪い……。

「このピザはおまえが作ったのか」

「はい……」

エレオノーラが冷ややかにカイトを見やる。

「あのベリンダがすごい勢いで薦めてくるから、試しにピザを持ってこさせてみたが……」

「あ、ベリンダさんが……」

初めてのデリバリーのお客様だ。眼鏡をかけた、冷徹そうでいてハーレクイン好きのベリンダ。

彼女は王宮に勤めていて、教育係だと言っていた。

エレオノーラが見下すようにツンと顎を上げ、ふっと唇を歪めた。

「下品な食い物じゃのう。こってりしていて、脂っこくて、もっちりしていて、とろとろしていて——じゅる」

エレオノーラが慌ててよだれを拭く。

「これほど低俗な食べ物は初めてじゃ!! よくもこんな品のない食べ物を我が国に持ち込んでくれたものよのう」

「すいません……」

「なぜあの知的なベリンダが、これほど熱狂するのか解せぬわ……。まあ、刺激的な味であるのは認めるがの」

エレオノーラが空になった皿をちらっちらっと見やる。

「場合によっては取り締まることも検討せねばな」

「……」

取り締まる——これから商売を広げていこうという矢先にそれは困る。

しかし、女王と対立はしたくない。

カイトは尊大にこちらを見つめるエレオノーラを何とか説き伏せたかった。

それに、一つ疑念がある。

さっきから、エレオノーラの態度がおかしい。口で言っていることと、態度が一致していないのだ。

もしや――もしや女王はピザがお気に召したんでは？　でもプライドが高くてそう言いだせないんでは？

ならば、まだ勝機はある。

カイトは思い切って試してみることにした。

「王女様にお口にお合わぬものをお渡しして、大変申し訳ございませんでした！　もう二度とピザを持ってくることはございませんので、ご安心を」

「ならぬ!!」

エレオノーラが顔色を変えた。

「それはならぬ!!　なぜなら、えっと、えっと、えっと……そう、国民たちが食べているのであろう？　今、一番注目されているというではないか！　国民の実情を把握するのは国の主たる私の役目なのじゃ!!　だから、私はピザを食べる必要があるのじゃ!!」

「でも、取り締まられるのは困るので」

　カイトの言葉に、エレオノーラが気まずそうに顔をそらせる。

「うん、あれは、あれだ。その、なんだ。言葉の勢いというか、綾というか……最悪の場合、そういう処置をとるかもしれないかもしれないという感じのニュアンスだ」

「……承知しました」

　カイトは笑い顔を見られないように必死で頭を下げた。体中がぶるぶる震えるのは仕方ない。

「ん、だからのう。そうじゃな、明日また持ってくるがよい」

　エレオノーラがちらっちらっとカイトの反応を窺う。

「明日……でございますか？」

「うむ。しばらく研究せねばならんからな。ピザというものはどういうものか。国主とはつらいものよ」

「左様で」

　カイトは声が震えないよう、気をつけた。ずいぶん天の邪鬼な王女様だ。ピザがすごい気に入ってるのに、素直にそう言えないのか。

「また馬車を手配するので、裏門から入ってくるとよい。使いの者にそう伝えておく」

「かしこまりました!!」

「代金を受け取り、帰るがいい!!　……あ、待て!!」

「何でございましょう」

「このピザとやらは、このメニューしかないのか？」

カイトはまた吹き出しそうになるのを堪えなくてはならなかった。

興味津々なんだな、女王様!!

「いえ、マルゲリータの他にもマリナーラというシンプルなトマトソースとニンニクのピザもありますし、好きな具材をのせるカプリチョーザもできますよ」

「そうか、ん、ではとりあえず、明日はマルゲリータとマリナーラの二枚を持ってくるがよい」

「……二枚ですか？」

「なんじゃ！　無理なのか？」

「いえ、できますが」

まさか、一人で二枚食べるつもりなのか？　いや、さっきの食いっぷりを見たら……。

「痩せの大食いなんですね……」

エレオノーラも抱きしめたら折れそうなほど細くて華奢だ。

「何か申したか？」

「いえっ!!」

カイトは慌ててお辞儀をして、部屋を出た。

行きと同じく馬車で送ってもらう。

馬車に揺られながら、カイトはほうっと息を吐いた。

一時はどうなることかと思ったが、結果オーライだった。女王に気に入ってもらえて安心した。

館に着くと、リリアが飛び出してきた。

顔やら手やら、擦り傷だらけで痛々しいことになっている。

「カイト様!! 大丈夫ですか!? 私もう、心配で心配で!!」

「いや、きみこそ大丈夫?」

「全然平気です!!」

リリアが名誉の勲章とばかりに、得意げに笑う。その笑顔にカイトはホッとした。

「ピザ、どうなりました?」

「うん……とりあえず、お得意様を一人ゲットって感じかな?」

あたふたしていたエレオノーラの顔を思い出し、カイトは思わず笑いだしてしまった。

第10話 大市場へ行こう

夕食を食べていると、エドモンドがにこやかに話しかけてきた。

「カイトくん、明日は月に一度の大市場の日なんだよ」

「ああ、他国からも人が来るという……」

「そう!! 中央広場では出店が並んですごい人出だよ。面白いものもたくさんあるし、リリアと行ってみたら?」

「そうですね……」

そのとき、カイトはピンときた。

「あの……その市場でピザを売るのってできます?」

「えっ」

大勢が集まる場所でピザを売れば宣伝にもなるし、お金も稼(かせ)げる。

そして、そのお金で何か食材を買ったりすることもできる。

急な思いつきにしてはいいと思う。

「素晴らしいです!!」

「いいわね!!」

リリアとフィオナも賛成してくれた。

「何か申し込みとか必要ですか？　急には無理ですかね？」

「事前に申し込みが必要だが、他ならぬ勇者様のためだ、何とかしましょう!!」

「えっ、あの、そんな無理せずに……」

「ウチの村のスペースがあるんですが、そこを使ってもらえるようにします。すぐに担当の者に話をつけてきます!!」

エドモンドはそう言うと、立ち上がって出ていった。

「大丈夫かな……」

「ピザを売るスペースだけですもの。大丈夫ですよ。あ、私も手伝いますね」

「ありがとう！」

しばらくしてエドモンドが戻ってきた。

「大丈夫ですよ！　私たちは野菜を売る予定なので、その隣でどうぞ売ってください」

「ありがとう！」

ピザは好評で、お金も少しずつ貯まっていた。

だが、いつまでも領主の所で世話になるのも心苦しいし、店舗兼住居の二階建てを建てるのが目標だ。

できれば一階の店舗はイートインができるスペースもほしい。

大工に見積もりを出してもらったが、金貨が千枚くらいかかるらしい。ピザ一枚が銀貨一枚。銀貨が十枚で金貨が一枚。遠い道のりだ。

まあ、コツコツやっていくさ。

少しずつ商売を広げていく楽しさをカイトは嚙みしめていた。

頑張れば頑張るほど成果が出るのってやる気が出る。

「じゃあ、明日の仕込みをやってきますね!!」

*

翌朝、カイトは焼いたピザを皿にのせて箱に詰め、リリアと一緒に荷馬車に乗った。

御者(ぎょしゃ)はエドモンドがやってくれている。

「いい天気ですねえ、今日は賑(にぎ)わいますよー」

リリアが楽しそうに空を見上げる。

美しいストロベリーブロンドの髪が風になびくのを、カイトはじっと見つめた。

なんだかもう、夫婦みたいだな。

こうやって一緒に市場に行って、ピザを売るなんて。

こういうのもいいな……。

ふとそう思ってしまうほど居心地がよく、この場に自分が馴染んでいるのを感じる。

「あ、見えてきましたよ!!」

リリアが指差す方を見ると、巨大な市場が見えてきた。出店のカラフルな屋根がずらりと立ち並ぶ。

「うわ……」

こういう光景、見たことがある。

ご当地ものとか、B級グルメ大会とか、大型の公園や施設で行われるイベントの雰囲気そのものだ。

どこからこんなに人が集まったのか、というほどそこだけ人口密度が高い。

この世界に来てから、のどかな田園風景しか見ていなかったカイトは圧倒された。

「こっちです！」

ぼうっとしていたカイトは、慌てて馬車を降り、リリアたちに続いた。

賑わいの中を進むと、手を振ってくれている一団が見えた。

「あの緑色の屋根がウチの村のスペースなんです」

そこには長テーブルが置かれ、その上にはぎっしりと野菜が積まれていた。

「すまないが、隅のスペースを使ってくれないか？」

「はい！　ありがとうございます。今回は急な申し出なのに――」

「いやいや、勇者様が来てくれるなんて！」

「ありがたいですよ!!」

村人たちににこやかに歓迎されて、カイトはホッとした。

テーブルの上にピザの皿を置く。

「どうやるの？」

「もうすぐ開会の合図があるので、一斉に始まります」

「へえ……」

言われてみれば賑わっているが、売り買いはしておらず、皆店のセッティングなどに大わらわだった。

「皆さん、今日も大市場に来てくださってありがとうございます!!」

拡声器でも使っているのか、大きい声が市場に響いた。

賑わいがぴたりとやむ。

「今日もたくさん売って買いましょう!!　それでは大市場を始めます!!」

おおおおお、と怒濤のような歓声が上がった。

そして、どこかで待っていたらしき客が大挙して押しかけてきた。

「新鮮な野菜はいかがでしょう!!」

「まとめ買いだとお安くなりますよ!!」

隣の村人たちが声を張り上げる。

カイトはすうっと息を吸った。

「勇者の作ったピザ!!　限定三十二ピースです!!　土産話にいかがですか!!」

カイトがそう叫んだ途端、道行く人の足がぴたりと止まった。耳慣れない〝ピザ〟という言葉に反応したのか、〝勇者〟という言葉に反応したのかわからないが、一応注目を集めることはできた。

「勇者様の作ったピザはここでしか食べられませんよ――――!!」

リリアの援護射撃が効いたのか、どっとカイトたちの前に人が押し寄せた。

「ピザ?　ピザってなんだ?」

「パンに似た食べ物です。ボリュームがあって元気が出ますよ!!」

「じゃあ、一切れ」

「はい、銅貨二枚です」

丸ごと買うよりは割高になるが、珍しさのためかあっさり売れた。

「ありがとうございます!」

用意していたペーパーナプキンと一緒にピザを渡す。

手にしたのは、異国の商人らしき男性だ。

「海沿いの国の方ですね」

リリアがそっと囁いてくる。

暑い国からやってきたのか、薄手であまり締め付けのないタイプの服装だ。カイトの世界だと、トルコ風が一番イメージが近いだろうか。

男性はマルゲリータをおそるおそる口に運んだ。

そして、その表情が一瞬で変わった。

「うまい!! なんだこれ!! チーズがとろっとろでトマトソースと絡み合って、生地はもちもちで――」

固唾を呑んで見守っていた通行人たちが、どっとカイトの前に銅貨を突き出した。

「一枚くれ!!」

「俺も!!」

「は、はい!!」

カイトとリリアは次々と客にピザを渡していった。

ピザ四枚分、全部で三十二ピースは一瞬で売り切れた。

「すごい!!」

「こんなもの、食べたことないぞ!!」

目の前でピザを嬉しそうに頬張る人たちに、カイトはホッとした。

やはり、異国の人でも美味しいと感じてくれるようだ。

「俺にもピザを!!」

売り切れた後も客が殺到して、カイトたちは頭を下げるしかなかった。

「すいません、もう売り切れてしまって」

「来月も市場に来るのか?」

「はい、たぶん……」

「もっと数を用意してほしいんだが」

「一枚全部を買いたい」

「なるべく多く持ってきます!!」

何とか客たちをさばいて、カイトたちはスペースを離れた。

「ふう……」

これほど反応があるのは嬉しいが、残念ながらすべての要望にはまだ応えられそうにない。

今はまだ無理だが、いつかもっと人手を増やしてたくさんの人に食べてもらえるようにしたいなあ。

「カイトさま、お疲れ様です」

リリアがにこにこしている。

「リリアもお疲れ様。ありがとう」

カイトは手元を見た。ピザの代金として銅貨が六十四枚ある。

「リリア、買い物に行こうか」

「えっ!!」

「いろんな食材があるんだろう？　見ておきたい」

「わかりました!!」

「あと……」

「はい？」

「いつも手伝ってくれるお礼に、何かプレゼントするよ。好きなものを言って。あ、今日の売り上げ分くらいだけど」

リリアの顔から笑みがこぼれた。頬がバラ色に染まり、瞳が翠玉のごとく輝く。

「カイト様からプレゼント!!　嬉しい!!」

「あ、うん、その、大したものは買えないけど……」

「お気持ちが嬉しいです!!」

リリアが弾むように道を歩きだした。

「私、ずっと気になっていたものがあって――」

リリアの足がぴたりと止まった。

「ん？」

リリアが凝視しているのは、ふわふわの綿菓子だ。うっすらピンク色がかっていて、可愛らしい。

「じゅる」

「あ、ほしいものってこれ？」

「ち、違います!!　すいません、ちょっと目を引かれて」

そのお菓子はお手頃価格で、たった銅貨一枚だ。

「はい、好きなの選んで」

「えっ……」

「月に一度しか来ないんでしょ、この店。これも買ってあげるよ」

「あ、ありがとうございます!!」

リリアが嬉しそうに綿菓子を手にする。

「で、ほしいものってどれ？」

「これです!!」

今度こそ、リリアのお目当てのお店に着いた。

そこは可愛らしい雑貨のお店だった。

ただ、モチーフが全部食べ物なのが気になる。

「これ、可愛くないですか?」

リリアが指差したのは、イチゴの飾りがついたヘアピンだった。

銅貨二枚と安い。

全然買える。問題ない。むしろもっと高いものでもよかった。

だが。

「リリア……これ、食べ物じゃないよ?」

カイトは念のため言っておいた。

「えっ、わかってますよ?」

「これ、食べたりしない?」

「しませんよ?」

食欲魔人の言うことだから、イマイチ信用できない。

だが、きっとイチゴのヘアピンはリリアに似合うだろう。

「わかった、これください」

カイトはリリアにヘアピンをプレゼントした。

「ありがとうございます!!」

受け取ったリリアが涙ぐむ。感激しているのか、尖(とが)った耳がぴょこんと動いた。

「カイト様からプレゼントをいただけるなんて……!」

「そ、そんな大げさなものじゃないよ。泣かないで？　ね？」

路上で涙ぐむリリアを、周囲の人がちらちら見ていく。

まるで俺が泣かせたみたい――って泣かせたんだけど。

「ほら、つけてみて」

「はい!!」

赤いイチゴのヘアピンは、リリアのストロベリーブロンドによく映（は）えた。

「似合うよ」

「ありがとうございます!!」

リリアが嬉しそうに微笑む。

可愛いな……。

カイトは思わずリリアの頭を撫（な）でたくなってしまった。

「食材のある場所ってわかる？」

「ええ、こちらです」

リリアはさすがに市場に詳しく、カイトはおとなしくついていった。

たくさんの人が楽しそうに出店を見ていく。ありとあらゆる雑多なものが売られている。

食器や衣服、雑貨やアクセサリー、見たことのない道具――これは人が集まるはずだ。

そして鼻をくすぐるいい匂（にお）いがしてきた。

「わあ……」

あちこちで食べ物を置いている。串に刺した肉を焼いているお店、甘そうなキャンディを売っているお店。

こういう所を女の子と二人で来るなんて、お祭りデートみたいじゃないか。

「あ、そろそろ食べ物の店が増えてきたね」

振り返るとリリアはおらず、困り顔のおじさんが一人こちらを見ている。

「……勇者様。奥様をなんとかしてくださいませ」

「えっ」

リリアが店の前にしゃがんで、勝手に店頭にある果物を食べ始めている。

ああ……お腹がすきすぎていたのか。

「リリア!!」

カイトの声にリリアがびくっとする。だが、また果物に手を伸ばす。

「ダメっ!!」

リリアがようやく手を止めた。

だが、リリアはちらっちらっとカイトと食べ物を見比べる。食べ物への執着と、カイトへの思いの天秤が揺れ動いているのが見て取れた。

あー、本当に実家の駄犬そっくりだな。いつもこちらの顔色を窺いながら悪さをしていた。

リリアがそうっと果物に手を伸ばす。

「リリア、ウェイト!!」

犬に言っていた口癖(くちぐせ)が思わず出る。

待て、の言葉にリリアの動きがぴたっと止まる。あ、効果あり?

「スタンダップ!!」

その言葉に、しゃがんでいたリリアがすっくと起き上がる。

「カモン、リリア!!」

リリアがおとなしくカイトの方に来た。

「グッド！　リリア！」

誉(ほ)めながら、カイトは複雑な気分になった。

……これ、デートじゃなくて犬の散歩みたいじゃね?　つーか、犬の散歩そのものじゃね?

いや、深く考えるのはやめよう。

「すいません、代金はいくらですか?」

カイトはリリアが勝手に食べた分のお代を払った。

「すいません……すごく美味しそうで……」

「うん、お腹がすいていたんだよね。でも、食べる前に俺に言ってね?　ちゃんと買うから」

「はい、すいません」

リリアがしょんぼりとうつむく。

「やっぱり外国の人が多いねー」

同じエルフとはいえ、外見や服装がリリアたちとは若干違う人がたくさんいる。

特に目立つのは、青みがかった銀髪のエルフたちだ。水色に見える美しい髪に、肌の露出が多い服装をしている。暖かい国から来たのだろう。

男性も女性もじゃらりと華やかなアクセサリーをつけていて、この国よりもずっと豊かなことが一目でわかる。

「カイト様、この辺りが外国の珍しい食材が売られている場所です」

「ふわあ……」

カイトは思わず感嘆の声をもらしてしまった。

いろんな肉や魚、野菜がずらっと並んでいる。

ひときわ目を惹くのが、普段あまり見ることのない魚介系だ。

見たことのない魚や貝が置かれている。

ほう、やっぱり異世界だから？　いや俺があまり詳しくないからかもしれない。

そのとき、観衆がわっと声を上げた。

「なんだ？」

カイトは十数人がかりで運ばれてきたものを見て呆然とした。

信じられない光景が目の前に広がっている。

「な、何あれ……！」

「今日の目玉商品ですね。滅多に手に入らないから、人がたくさん来てますね」

リリアは見慣れているのか、さほど驚いていなかった。

カイトが驚いたもの――それは十メートルをはるかに超える巨大な白いイカだった。

「だ、大王イカ……？」

「クラーケンです」

「クラーケン!!」

クラーケンというと、あの有名な海の怪物――さすがドラゴンのいる世界だ。

カイトはまじまじとクラーケンを見つめた。

つやつやと白く光る体はイカそのものだ。とれたてのようで、ぬめぬめした足がまだゆっくりと動いている。

「美味しそう……」

自分の出した言葉に、カイトはぎょっとした。

怪物を見て食べ物と思うなんて――でも食べられるんだよな？

「クラーケンって美味しいの？」

「それはそれはもう、とろけるような美味しさらしいですよ！」

「ほほう……」

とろけるようなイカ刺しを思い浮かべ、口の中に唾がたまってきた。

「でも、食べたことないんです……すごく高いから」

「えっ……」

どうやら商人らしき人物が、クラーケンの前に立て札を置いた。

そこに書かれていたのは『金貨千枚』の文字だった。

「たっっっか!!」

これって俺の店のための目標予算じゃないか。クラーケン一杯と店一軒が等価とは……。

興味はあったが、手も足も出ない価格だ。

カイトはがっくりと肩を落とした。

「まあ、大きすぎますからたぶんカットして売るんだと思いますよ。よっぽどの金持ちがいない限り」

「そうだよね……しかもあんなにでかいの、さばくのも大変だよね……」

しかし、足の先でも金貨十枚はしそうだ。

この手持ちではとても無理だ。カイトは半分くらいに減ってしまった銅貨を見つめた。

そのとき、背後でわっと騒ぎが起こった。

「なんだ?」

振り返ったカイトの目に、路上で倒れている水色がかった銀髪の異国の少女が映った。

「大丈夫ですか?」

カイトは思わず駆け寄り、少女を抱き上げた。

「う……」

ぐったりはしているが、意識はあるようだ。

少女の目がうっすらと開き、美しい金色の瞳が覗いた。

うわ……綺麗な子だなあ。

そう思った瞬間、カイトは少女がえらく薄着なことに気づいた。

豊満な胸元は半分ほど見えてしまっているし、薄い着衣から体温や肌の柔らかさがしっかり感じられてしまう。

そのとき、カイトはふっと殺気を感じた。

目を上げると、リリアがじっとこちらを睨んでいた。

え……何、下心なんかないよ?

カイトは浮気現場を押さえられたかの如く動揺してしまった。

「今医者を呼びますから!」

「いえ、大丈夫です……」

「サーシャ!!」

大柄な男性がサーシャと呼ばれた銀髪の少女に駆け寄ってきた。

「お父様……」

「大丈夫か?」

「ええ、少し人混みに酔ったみたいで……」

サーシャの父がサーシャを抱き上げる。

「娘をありがとうございます。よかったらお礼をしたいので、宿まで来ていただけませんか?」

「いえ、そんな……」

大したことはしていない。

「ぜひ! 市場のすぐ近くですので!」

そう言うと、父親が歩きだす。

カイトは仕方なくついていった。リリアもむすっとしたまま歩いてくる。

いきなりの誘いに戸惑ったものの、カイトは外国人に興味があった。

自分の知らない食材のことなど聞いてみたい。

そういう気持ちがわき上がっていた。

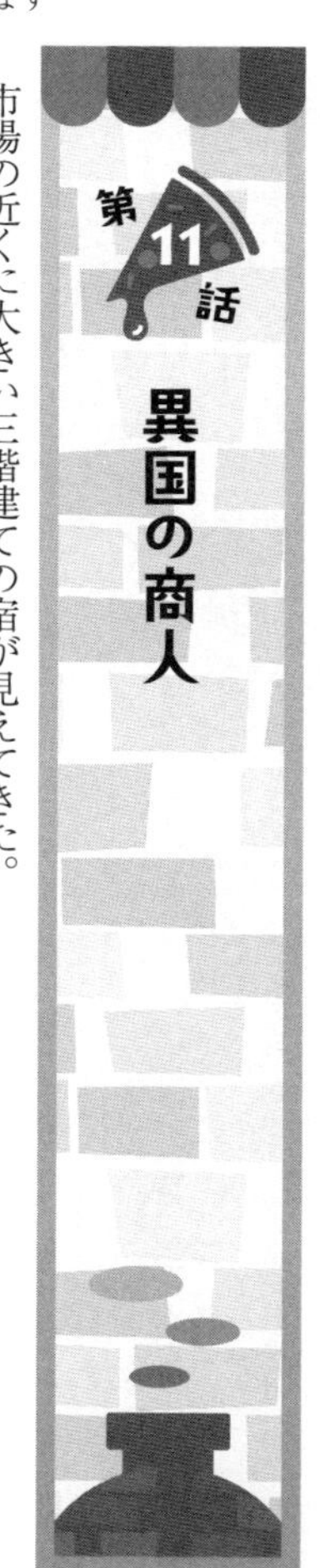

第11話　異国の商人

市場の近くに大きい三階建ての宿が見えてきた。

リリアが目を見張る。

「ここ、ウチの村では一番の宿です」

「そうなんだ」

確かに床には絨毯(じゅうたん)が敷かれ、置かれているものも高級そうだ。

「どうぞ、三階です」

サーシャの父に案内されたのは、三階の広いスイートルームだった。

「すごい!!」

ゆったりしたソファが置かれている応接間があり、その奥にもまだ部屋が続いている。

着ているものも高価そうだし、かなりのお金持ちらしい。

リリアも珍しそうに部屋を見回している。

サーシャをベッドに寝かせると、サーシャの父が応接室に来た。

「初めまして。海岸の国の商人、アーロンと申します」

「あっ、どうも……」

アーロンも珍しいアッシュブロンドで、サーシャと同じ金色の目をしている。日に焼けたのか、肌がうっすら褐色がかっていて強そうだ。

「娘を助けてくれてありがとうございます。体の弱い子で……。旅先で精のつくものを探しては食べさせているのですが……」

「いえいえ、何も大したことは――」

「ぜひお礼がしたいのですが……」

アーロンがじっとカイトを見つめた。

「あなたが噂の勇者様ですか？」

「えっ？　あっ、はい！」

カイトは驚いて頷いた。

「一目見てすぐわかりましたよ」

「はあ……」

確かに自分以外は耳の先が尖ったエルフたちだ。しかし、他国にまで勇者のことが知られているとは驚きだった。

「お会いできて光栄です。何でも、ピザとかいう珍しい食べ物を作られるとか？」

「え、はい。ぜひ食べに来てください」

「それは外国へは出されないのですか？」

「今はまだ店を切り盛りするので精一杯で——いずれもっとたくさんの人に食べてもらえるようにしたいと考えています」

　そうか——他国に二号店を出したりするのもありだよな。

　今はまだ、自分の店すら持てていないけど。

「……」

　アーロンが鋭い眼差しで、カイトを観察してきた。

　品定めされているようで、カイトはドキドキした。

「あの……」

「失礼。ちょっといろいろ考えてしまって。とにかく、まずはお礼をしなければ。何かご所望のものはありますか？」

「そんな……」

　金品をねだるようなことはしたくない。

「お気遣いなく」

「いえ、何でもおっしゃってください！」

　カイトはごくりと唾を飲み込んだ。

本当はある。今すごくほしいものが。

「あの……実はクラーケンを食材として使ってみたいと思っていまして」

「ほう！」

アーロンが少し驚いたように片眉を上げた。

「それで、足の先だけでいいんですけど、手に入れられないでしょうか？　もし可能であれば、それを使ってピザを作り、アーロンさんとサーシャさんに振る舞いたいと思います」

「!!」

アーロンの金色の目が見開かれた。

「……想像以上に賢明な人ですな」

「は、はあ……」

「こちらの意をくんで贈り物を受け取る上に、更に魅力的なものに変えてこちらに返そうとは……素晴らしい」

「ど、どうも……」

よくわからないが、誉められているようだ。

自分はクラーケンを使ってピザを作ってみたいのと、体が弱いというサーシャに元気になってほしいと思っただけなのだが。

「わかりました！　話をつけてきましょう！　私もピザというものをぜひ食べてみたいので」

そう言うと、アーロンは人を呼び、何かを言いつけた。

＊

「お約束のクラーケンです」

「ありがとうございます!!」

アーロンはかなり力のある商人らしい。あっという間にクラーケンの足の先が手に入った。

もちろん、足の先といっても一メートルくらいはある。

充分すぎるほどだ。

「ついでにこちらもどうぞ」

「わあ!!　これなんですか？」

「イカスミです」

「クラーケンにもイカスミが……!!」

袋に入っていたのは、黒いイカスミだった。

驚きだったが、すぐさま喜びに変わった。これはきっと美味しいピザができるに違いない!!

「助かります!!　では、ピザを作ってきますので、宿でお待ちください」

「楽しみにしています」

カイトは袋に入れてもらったクラーケンの足を持って意気揚々と店に戻った。

「さー、腕の見せ所だな!!」

ピザ生地を成形したカイトは、もらってきたイカスミとトマトソースを混ぜた。

あっという間にトマトソースの赤みが消え、黒いソースになる。少し塩を混ぜてできあがりだ。

「どれどれ」

ちらっと味見をしてみたが、濃厚な旨味が口の中に広がった。

「よしっ!!」

トマトのおかげで生臭さが消えている。これはいいソースになりそうだ。

「じゅる」

不穏な音に、カイトはハッと振り返った。

リリアがよだれをぬぐいながらじっとこちらを見ていた。

「あっ、そうだよね。味見味見」

カイトはそっとソースをスプーンにすくうと、リリアに向けた。

ばくうっ!!

「ひっ」

一瞬手を食われるのかと思うほどの勢いで、リリアがスプーンにかぶりついてきた。

「うっ……美味しいです、これ、今まで食べたことのない荒々しい風味……」

　リリアがふるふると震えながら感動している。

「この辺りは海がないからねー。ちょっと待っててね。ウェイト!!」

　リリアがびしっと背筋を伸ばす。

　よし、これで集中できる。

　カイトはぬるぬるしたクラーケンの足を、そっと薄く切りだした。

　イカスミソースをピザに塗り、その上にクラーケンの足の薄切りをたっぷり並べていく。

　黒っぽいソースに白い具材と見た目が地味なので、ところどころにトマトソースをトッピングする。

　今回は素材の味を生かしたいのでチーズはのせなかった。

　たっぷりオリーブオイルをかけると、カイトはさっそくピザを窯で焼いた。

「できたよ!!」

　皿にのせ、銀の蓋をかぶせる。

「馬車を出します!!」

　二人は大急ぎで宿に戻った。

　三階の部屋をノックすると、すぐにアーロンが出てきた。

「ピザをお持ちしました！」

「待ってたよ。サーシャもようやく起き上がれるようになった」

応接室に入ると、膝かけをして椅子に座るサーシャがいた。

まだ顔が青白いが、ぺこりと頭を下げてくる。

「魚介のピザ、クラーケンスペシャルです!!」

皿を置くと、アーロンとサーシャから歓声が上がった。

「おお、これがピザ!!」

「すごい……こんな食べ物初めて見ます」

「これは――ソースにイカスミを使っているのかね?」

「はい、ぜひ温かいうちに召し上がってください」

アーロンとサーシャ、そしてリリアとカイトもピザを手に取った。

ちゃんと二枚焼いているので、四人で食べるには充分だろう。

「!!」

一口食べたサーシャが金色の目を見開いた。

「すっごい美味しいです!! 口の中にクラーケンの旨味が……でも生臭くなくて食べやすい!!」

「これは歯応えもいいね!! 外はカリッとしているのに、中身はもちもちだ。濃厚なソースに塩のきいたシンプルな生地の味がマッチしている!!」

アーロンも素直に感動したようで、目を輝かせている。

「ふはあ……ソースだけじゃなくてクラーケンの薄切りがまた味を引き立てて……!!」

リリアがうっとりとした表情になった。

結局、二枚のピザはあっという間になくなってしまった。

「いやあ、これはいい買い物をしたよ。クラーケンをこんなふうに調理するなんて驚きだ。素材の味が実に生かされている!!」

アーロンが興奮気味にサーシャを見た。

「しかも、小食の娘がこんなに食べるなんて」

サーシャの白い頬にはしっかり赤みが差していた。

ぐったりしていた体はしゃんと背筋が伸び、生き生きと目が輝いている。

「いやー、やっぱり魚介のピザはパワーがありますね!! 確かに元気が出る!!」

野菜とチーズしか使っていなかったカイトにとっても、新鮮な出来事だった。

「ありがとうございます、カイト様!」

いきなりサーシャにぎゅっと手を握られ、カイトはへどもどした。

「えっ、あっ……」

よく見ると、サーシャはとても美しい少女だった。金色の目が眩(まばゆ)く輝き、見事なアッシュブロンドがさらさらと揺れる。

「あらカイト様、襟が……」

折れていた襟をすっと直す。サーシャの手が首筋に当たって、カイトはぞくっとした。

なんだ？　妙に色っぽい子だな……。

年齢はリリアより少し上だろうか。だが、落ち着きや醸し出す雰囲気がもう大人の女性に近い。

「ぜひお礼がしたいです。私にできることがあればなんなりと申してくださいね」

ぐっと体を近づけられる。サーシャはほっそりしていたが、大きく開いた胸元からは豊満な胸の谷間がくっきり見えている。

「えっ、あっ……」

これは──まずい!!

チャームの魔法レベルの誘惑だ!!　うっかり抱きしめてしまいそうだ!!

カイトが救いを求めて傍らのリリアを見ると、リリアは見たことのない憤怒の表情をしていた。

目はつり上がり、緑色の瞳は虎のごとき獰猛さを放っている。

リリア激おこ。

そんな言葉が脳裏に浮かぶ。

「ひっ……」

カイトは震え上がり、一瞬にして正気に戻った。

こここここ怖い――――!!

普段温厚な子が怒るとすっごい怖い――――!!

「じゃ、じゃあ、元気になったら店にピザを食べに来てくださいね。いろんな人に食べてもらいたいので」

「この国の市場には月に一度参ります。来月、必ず伺います」

「ぜひ、お待ちしております」

ホッとするカイトが立ち上がろうとすると、すっと吸い寄せられるようにしてサーシャが抱きついてきた。

首に手を回され、ぎゅっと抱きしめられる。

「カイト様、本当にありがとう！」

「いえ、お気になさらず」

ふわあああああ、胸がっ！　当たってる!!　すっごい柔らかい!!　何これ!!

だが、内心の本音をまったく顔に出さず、カイトは冷静にサーシャの腕を外した。

いやー、異国の女の子は情熱的だな――。

ギリギリギリギリギリ――。

隣で異音が聞こえるなと思ったら、リリアが歯ぎしりをしていた。

戦闘態勢の獣（けもの）のように、サーシャをじっと睨んでいる。

「カイトさんのピザのお店はデリバリーのみですか？　それともレストランになっているんですか？」

「今はデリバリーのみです。なので、ちゃんとしたお店を持ちたいと思っています」

カイトは現在の仕事場にはイートインスペースがないこと、領主の館にお世話になっていることを話した。

「ですので、まずは住居兼店舗を建てることを目標にやっていきます。金貨千枚必要なので、先は長いですが……」

アーロンはじっとカイトを見つめていたが、やがて膝を打った。

「では、私がその金貨千枚を出しましょう」

「えっ……？」

カイトは信じられない思いでアーロンを見つめた。

「これは先払いと先行投資と思っていただきたい。こちらに来て私が頼んだときは、優先してピザを作ってください。そして外国に店を出すときは、まず私の国から。これでいかがですか？」

「はあ……」

それでも、単純計算でピザ一万枚分なんだけど。一生分以上なんじゃないだろうか。

だが、申し出はとてもありがたい。

「これでちゃんとしたお店が作れます。イートインスペースも作るので、ぜひ皆さんで来てください！」

「楽しみにしています。金貨は後ほど届けさせますので」

「ありがとうございます」

「カイト様、またお会いするのを楽しみにしていますね」

サーシャがすっと体を寄せてくると、軽く頬にキスをしてきた。

「うわわわわ!!」

そんな挨拶(あいさつ)に慣れていないカイトはのけぞってしまった。

「まあ、カイト様ったら！」

サーシャがクスクス笑う。

「えっ、あのっ、ではまた来月!!」

カイトは真っ赤になった顔を隠して、慌てて部屋を出た。

「ふう……」

まさか、クラーケンでピザを作れるだけじゃなく、お店の資金まで手に入るなんて。

今日はなんという幸運な日だろう。

カイトは最高の気分で家路(いえじ)についた。

「ふう、リリアお疲れ様」

お店に入るとリリアに声をかけたカイトだが、リリアがむすっとしている。

「リリア?」

リリアがキッとカイトを睨みつけた。

「綺麗な子でしたね」

「え?」

「すっごく胸が大きくて色っぽいですよね、サーシャさん。太陽の光のような黄金の瞳も素敵。青みがかった銀髪もすごく綺麗」

「ああ、確かに美人だったなあ……」

大商人の娘サーシャは、エレオノーラの冷ややかな美貌とはまた違う、しっとりした艶のある美人だった。

ぽこん、と頭に何か当たった。

飛んできたのはパーラだった。パーラを握りしめたリリアが泣いている。

「馬鹿!」

またパーラでぽこりと殴られる。

「浮気者!」

「ちょっと待って!　パーラはやめて!」

大事な作業道具なのだ。

すると、今度は拳でぽこぽこ殴ってきた。軽く見えて結構痛い。

「いて！　いて！　いて！　浮気って何？　何？」

「バカバカバカバカ!!　カイト様の馬鹿!!」

「え、なんで馬鹿？　説明してリリア!!」

リリアがなぜ突然暴力行為に及んだのか、カイトはまるでわからなかった。

「ほんと、馬鹿!!　言えるわけないでしょ！　ヤキモチとか！」

「めっちゃ言ってますけど――――!!　ヤキモチって何が？」

「……!!」

どうやらこれも地雷だったらしい。激昂したリリアが顔を真っ赤にして更に殴ってくる。

カイトは訳がわからず、防戦一方だ。

「待って、リリア！　ウェイト！」

さっきまで有効だった命令を、カイトは慌てて発した。

ぽこぽこぽこぽこ――。だが、リリアの拳は止まらない。

「なんで――――？　ウェイトってば――――!!　リリア、ウェイト!!　うぇっ!!」

食欲に勝る女心を理解しないカイトであった。

カイトはさっそくもらった資金でお店を発注した。憧れの住居兼店舗だ。

完成までしばらくかかるが、せっかく広いお店にするのだからメニューも増やしていきたい。

「今日はちょっと新しい料理に挑戦したいと思っています！」

「えっ、何ですか何ですか！」

リリアがきらきらと目を輝かせる。いつもはぐっと控えめなのに、食べ物のことになると途端に生気に満ちる子だな……。

「それは、ピザと一緒に食べるデザートです！」

ベリンダからリクエストをもらってから、ずっと考えていたのだ。

そして、今朝見たらアイテム袋にスキルカードが一枚増えていた。そこには、とあるデザートの名前が書いてあった。

「デザート……それはゼリーやプリンのような……？」

リリアが首を傾げる。

「俺はハイカロリー勇者なので、そんなあっさりローカロリーデザートは作りません!! 超ハイカロリーなやつを作ります！」

「えっ……それは何ですか？」

「アップルパイです!!」

そう、新たなスキルカードに書かれていたのは『アップルパイ』だった。

どうやらアイテムバッグの中身は更新されていくらしい。ピザをたくさん作るようになったので、レベルが上がって更なるレシピが増えたようだ。

そういうこともちゃんと説明しておいてくれよ、あの女神。適当すぎるっつーか、やっつけ仕事すぎるだろ。

「リンゴのデザートですか……？」

「そう!! バターや強力粉、薄力粉みたいな生地の材料はあるんだけど、ただ肝心のリンゴがないんだ」

いつかこういう日がやってくると思っていた。

最初は全部そろっていた材料が、だんだん供給されずに自分で集める必要がくる日が。

至れり尽くせりの初期段階は越えたということだろう。

「まずは生地を作っておきます。寝かせる必要があるので先にやっておく」

カイトはふるった強力粉と薄力粉をボウルに入れ、バターを加える。

「リリア、水を少しずつ加えていって」

「はい!!」

リリアがそっと水を加えてくれるので、ヘラでかき混ぜていく。

しかし、これも力のいる作業だ。

「お菓子作りって大変なんだなあ……」

できあがったものを食べたことしかないので、こんなに力と手間がかかるなんて思いもしなかった。

まとまってきたら折りたたむ。

これを冷やしておく。

とりあえず、これでパイ生地の元はできた。

「近くにリンゴ農園とかある?」

「あります！　この前遊びに来た、エリザベスのお家がリンゴ農家です」

「よし！　じゃあ、さっそく交渉に――ひっ!!」

いつの間にかドアが薄く開いていて、その間からハンスがじっとこちらを覗(のぞ)いていたのだ。

その青い目は暗い光を帯びている。

「ちょっ、ハンス!!『シャイニング』のジャック・ニコルソンみたいになってるけど!!　すっごく怖いんだけど!!」

「アップルパイ……すごく美味しそうですね」

ハンスが低い声で言う。

「聞いてたの!? つーか、何か用？ それともストーキング!?」

「勇者様がお店を発注されたと聞いてお祝いに……」

「いやいや、お祝いって実際に建って開店してからじゃないの？」

「おめでとうございます」

その辺りで摘んできたらしい花をハンスが差し出してくる。

「あっ、ありがとう……」

カイトは一応お礼を言って受け取った。

「俺も、そのアップルパイとやらを食べてみたいです」

「それはいいけど……これからリンゴを取りに行くから時間がかかるよ？」

出直してきたら？

暗にそういう含みを持たせたが、ハンスが空気を読むわけがなかった。

「俺もお手伝いします!!」

「えっ」

「リンゴを取るのはかなりの力仕事ですよ!! 一カゴで五キロとかあって重いですし」

「そうなんだ……」

言われてみれば、リンゴ狩りなどしたことがない。

ここは経験者がいた方がいいだろう。

カイトは前回痛い目を見たのを忘れて、うっかりＯＫしてしまった。

「じゃあ、一緒に来て手伝ってよ」

「わかりました!!」

ハンスが嬉しそうに顔を輝かせた。

リリアの友人のエリザベス一家の果樹園に三人で歩いていった。

もちろん代金も払うということで、あっさり了承を得られた。

三人はリンゴ畑に行った。

「うわあ……」

見渡す限り、リンゴの木が並んでいる。

「すごいねー」

「今ちょうどリンゴの季節ですからね」

リリアがにこにこと答える。

「どういうリンゴがいいのかな」

「リンゴの下の部分が青から黄色になっているやつが食べ頃です」

リリアもなんだかんだで農作物に詳しい。

「ありがとう！　じゃあ、もいでカゴに入れていこう!!」

リンゴに手を伸ばしかけたカイトははたと止まった。

「で、どうやって取るの？」

「えーと、ですね。こう下から持って」

「うんうん」

「くるっと回しながら、下から上にこう持ち上げるとポロッと取れますよ」

「やってみる!!」

カイトはぎこちない手つきでリンゴを下から持った。

「よっと……」

リンゴが無事に枝から離れる。

「よしっ!!　いい感じだ」

三人は手分けして、リンゴを集めた。

ハンスの言うとおり、慣れないリンゴ狩りはカイトにとってかなりの重労働だった。

手を上に伸ばして作業するのが、思ったよりもつらい。

三人で来てよかった——そう思ったのもつかの間だった。

「ふう、一休みしましょうか」

そう言って、ハンスが鞄から蜂蜜の瓶を取り出した。

「あっ」

蓋を開けようとして、手が滑ってしまい、ハンスは瓶を取り落としそうになった。

「わわわっ!!」

ハンスがバランスを崩した。

よりにもよって、収穫したリンゴの入ったカゴのそばで。

「ハ――」

声をかける間もなく、ハンスが見事にリンゴの入ったカゴの上に落ちた。

ぐっししゃああああああ!!

「ハンス――――――――!!」

無残な音と共に、せっかく取ったリンゴたちがぐしゃぐしゃに潰れた。もちろんカゴもだ。

「えええええええええ」

ハンスのドジっ子ぶりを軽視していたカイトは愕然とした。

「ちょっと待って!!　リンゴってめっちゃ固いよね？　倒れただけでリンゴが潰れるって、その腹には鉄塊でも入ってるの!?」

「すいません、すいません……!!」

リンゴの汁まみれになったハンスが、がくがく震えながら立ち上がった。

その青い目からは涙がボロボロとこぼれる。

「俺、俺、もう、どうしたら……!! ああっ、死んでお詫びを……!」

「やめて! リンゴで死ぬとかやめて!!」

やばい。この子、本当に死にそう。どうしよう。そうだ!

「ハンス、きみに重要な任務を与える」

カイトが苦し紛れに言った一言に、ハンスが顔を上げた。

「これから収穫したリンゴを狙って鳥や獣がやってくるかもしれない。きみは見張りをしてくれ」

「えっ……」

「これはきみにしか任せられない大事な仕事だよ。きみはアップルパイが食べたいんだろう?」

「は、はい……」

「じゃあ、さっそく任務についてくれたまえ!!」

「わかりました!」

ハンスがびしっと背筋を伸ばすと、鋭い眼差しで辺りを睥睨し始めた。

ふう……。これでハンスを穏便に遠ざけることができたぞ。

「よし、じゃあリンゴ狩りを再開しよう!!」

「新しいカゴを持ってきました!!」

「でかしたリリア!!　二人で頑張ろう!!」

カイトはだいぶリンゴもぎに慣れてきて、さっきよりずっとスムーズにリンゴを狩ることができた。

「よーし、これくらいでいいかな。二十個もあれば今日明日の分は――」

言いかけて、カイトは目を疑った。

カゴの中が空っぽだったのだ。

「んんんん？　どういうこと？」

カイトはイマイチ事態が理解できなかった。

「えーと、俺十個はもいだよね？」

しゃりしゃりしゃりしゃりしゃり――。

規則正しい不吉な音が耳に届いた。

カイトはこちらに背を向けているリリアに目をやった。

「まさか――リリア？」

「えっ？」

リリアがハッとしたように振り向いた。

その手にはリンゴがあり、既に半分以上が食べられていた。

「何やってんの――――!!」

「す、すいませっ……しゃりしゃりしゃり」

「やめてやめて、リリア、ウェイト────!!」

「すいません……っ。お腹がすいてきてしまって！」

「あー、お腹すくよね」

ごっごっごっとペットボトルの水を飲むように、ハンスが瓶の蜂蜜を飲み干しながら言った。

「……」

明らかな人選ミスだった。

超ドジっ子と食欲魔人──そんな二人をリンゴ狩りに連れてくるなんて。

俺はなんて学習能力のない奴なんだ……っ!!

忸怩たる思いに、カイトはぎゅっと拳を握った。

「私、ダメな子ですね！　カイト様にふさわしくない……!!　うわあああああん!!」

リリアがその場に泣き崩れる。

あああ、もう、手がかかる子ばっかり！

地面にひれ伏すようにして号泣するリリアに、カイトは仕方なく近づいた。

さっさとリンゴをとって帰りたいんだ、俺は。

「リリア、聞いて」

優しく声をかけると、リリアが泣き濡れた顔を上げた。

「俺が作るアップルパイ、きみに一番に食べてほしいんだ。俺のこの気持ち、わかってくれる？」

「カイト様……」

リリアが泣きやみ、潤んだ赤い目を向けてきた。

よし、摑みはＯＫだ。

「だから、できるだけ空腹でいてほしいんだ。その方が美味しく感じられるからね？」

「あっ……」

リリアはようやくそのことに気づいたように、目を見開いた。

「だから、もうリンゴを食べるのはやめて？」

「……はいっ！　私、我慢します！」

リリアが力強く頷く。

「うんうん、じゃあ、ハンスと一緒に見張りを頼めるかな？」

「はいっ！」

喜び勇んでリリアはハンスの隣に並んだ。

食欲魔人二人は真剣に見張りをやっている。

「はあ……」

カイトは疲労と気疲れでぐったりした。

だが、ここで休むわけにはいかない。

カイトは三回目のリンゴ狩りに挑んだ。

ああ、こんなことなら最初から一人で来るんだった……。その方がよっぽど早かった。

俺の馬鹿馬鹿馬鹿馬鹿――。

虚しく己を呪いながら、カイトはリンゴをもぎ続けた。

「終わった――」

リンゴがようやくカゴ一杯になった。

その言葉にハンスとリリアが飛んできた。

「俺が持ちます！」

「私が！」

「いや、気持ちだけでいいよ！」

カイトは手を伸ばしてくる二人から必死でカゴを守り、固辞した。

せっかく収穫したリンゴを潰したり食べたりしないでえええええ!!

もう、無理なんだよ！　筋肉痛で腕はぶるぶるしているし、汗だくだし足はがくがくだし、収穫し直す気力も体力もないの!!

「でも！」

「でも！」

二人はまだ食い下がってくる。これだから悪気のない奴はタチが悪い。

「これも勇者の役目だから！　ね！」

カイトは必死で伝家の宝刀、『勇者』を持ち出した。

「そうですか……」

「わかりました」

伝家の宝刀の切れ味はさすがだった。

リリアとハンスがおとなしく引き下がる。

カイトはこっそり胸をなで下ろした。

＊

無事にリンゴを持って帰ってきたカイトはさっそく作業に入った。

まずは取ってきたばかりのリンゴの皮を剝く。

「手伝いましょうか……？」

申し出てくれたリリアをカイトはじっと見つめた。

「……もう食べません」

「わかった」

カイトは信用することにして、リリアにリンゴを渡した。

リンゴの皮を剝くと芯を取ってスライスしていく。ある程度歯応えがあった方が美味しいので薄くしすぎないようにする。

フィオナからもらってきたレモンは皮をすり下ろし、残った果肉を絞る。

スライスしたリンゴにレモン汁をかける。

「ほうううう〜」

珍しいのか、ハンスが身を乗り出して見てくる。

「うん、ハンス、あまり近づかないでね」

注意を促してから、カイトはリンゴにバターと砂糖を加えてソテーした。

「ふわあ……いい匂いです!!」

「うんうん」

カイトはパイ皿にバターを塗って、小麦粉をふっておいた。

そして寝かせておいた生地をカットし、伸ばして丸くする。

それをパイ皿にのせる。そして、ソテーしたリンゴをのせていく。

残りのパイ生地も伸ばして、一センチくらいの幅に切っていく。

切って短冊状になったパイ生地を、リンゴの上にクロスするようにのせていく。

「よし、焼くよ!!」

パーラにのせて、パイを窯に入れる。

じっくり、しっかり焼き上げて、頃合いを見てカイトはアップルパイを取り出した。

「はい、できあがり!!」

店中に甘いリンゴとバターの香りが充満する。

「ふわああ……」

リリアがうっとりとした表情になる。

カイトはざくざくパイを切ると、皆の前に並べた。

「はい、どうぞ!!」

「いただきます!!」

初めてのアップルパイ、初めてのデザートだ。

カイトはドキドキしながら口に運んだ。

「あちちっ!!」

焼きたてのパイ生地はまだまだ熱かった。

しゃくっと噛みしめると、パイ生地の香ばしさとリンゴの甘い汁が口の中で絡まった。

「うわあ……」

バターのいい香りが鼻から抜ける。

新鮮なリンゴの甘みがレモンによってぐっと引き立っていた。

「あま――――い、おいし――――――い」

　リリアがもう皿を空にしてしまっている。

「なんでしょう、この食べたことのない濃厚なスイーツは……ああ、果物なのにすごくパワフルな……」

「あ、お代わりあるよ」

「いただきます!!」

　リリアより先に皿を出してきたのはハンスだった。

「俺、いいアイディアがあるんです!!」

　そう言うと、お代わりしたアップルパイに、ハンスがドバドバ蜂蜜をかけだした。

「ハンス――――！　蜂蜜をかけるな――――!!」

　これ以上甘くしてどうする!!　そして、これ以上デブってどうする!!

　その言葉はぐっと飲み込む。

「うんま――――い!!」

　ハンスがとろけそうな表情になった。

「そうなの……？」

　カイトもちょっと興味が出てきた。

「俺も試してみようかな」

アップルパイに少しだけたらす。

「おっ!!　結構いける!!」

蜂蜜をかけることによって、更に甘みと濃厚さが増してパンチが効いてくる。

「うーん、お好みで蜂蜜をどうぞ、ってつけてみるかなー」

とりあえず、アップルパイは美味しくて大成功だ。

「定番(ていばん)メニューに決定!!」

まずはベリンダさんに教えなくちゃね。

三人はあっという間にアップルパイを全て食べ終えてしまった。

「よし！　いい感じだ！」

今朝もカイトはアップルパイを一ホール焼いてみた。これで急な注文にも対応できるし、もし売れ残ったらリリアたちと食べればいい。

そのとき、カイトは外でガタッという音がしたのに気づいた。

「ん……？」

カイトはそっと店を出た。

辺りを見回すが、特に誰もいない。

「……またハンスか？」

カイトは庭を歩きだした。

ハンスは木こりという自由が利く仕事をしているため、よくストーカーの真似事をするのだ。

慕ってくれるのは嬉しいが、ちょっと鬱陶しい。

今度こそ、キツめに言い含めなくては。

カイトは広い庭をぐるりと回ってみたが、ハンスらしき人影はない。

「あれ？　気のせいか……」

ハンスはエルフにあるまじき樽のような体型をしているので、あまり隠れるのに向いていない。

庭にいたらわかるはずだ。木の陰からもはみ出すのだから。

カイトは店に戻った。

「あれ……？　ここに置いていたのに」

店に戻ったカイトはテーブルを呆然と見つめた。

作ったばかりのアップルパイが忽然と消えていたのだ。

さっき、作業台の上に置いたはずなのに。

店に入るとすればリリアだが。

「リリアが何か知らないかな……あっ、そうか、リリアはいないんだっけ」

リリアは今日通っている裁縫教室の日で、帰ってくるまで店が手伝えないと言われている。

まだ開店していないから誰も入ってくるはずはない。

しかし、アップルパイは手品のように姿を消してしまった。

「そんな馬鹿な……」

この平和な村で泥棒？　犯人は？　目的は？

もしや、ハイカロリー勇者である俺に対する嫌がらせだろうか。

俺の存在を快く思わない者が――。

しかし、いったい誰が……。

まるでミステリのようではないか。カイトはわくわくしてきた。

そのとき、店のドアがノックされた。

「はい、どうぞ」

さっと滑り込むようにして入ってきたのは、エドモンドだった。不安げに辺りを見回している。

「どうしたんですか？」

「えっ、あっ、いや、ちょっとね……」

いつも落ち着き払っているエドモンドには珍しく、そわそわしている。

もしや、彼が犯人なのか？　罪を告白しに来たのだろうか。

しかし、なぜエドモンドはアップルパイを盗んだのだろう。

「……エドモンドさん、正直にお話しした方がいいかと」

カイトが言うと、エドモンドがびくりとした。一瞬にして目が泳ぐ。何か後ろめたいことを隠しているのがまるわかりだ。

「そ、そう思うかね!?　でも……でも……」

エドモンドが苦悶の表情になった。

「そんな……」

アップルパイを盗んだくらいで大げさな――とカイトが言おうとしたときだった。

店のドアが勢いよく開いて、フィオナが入ってきた。

「お邪魔しますよ。あなた!!」

フィオナの鞭のような声に、エドモンドがびくっとする。

「逃げようとしても無駄ですよ!! さあ、いらっしゃい!!」

「いや、俺はだな、義理の息子であるカイトくんと交流をだな……」

「誤魔化してもダメですよ!! もうバレているんですからね!! 昨晩あなたが酒場で若い女の子を口説いていたって!!」

「……見間違いなんじゃないかなあ。俺は酒場なんて行ってないし……」

「証人がいるんですよ。さあ、入って!!」

フィオナに促され、おずおずと入ってきたのはハンスだった。

「ハ、ハンス!!」

カイトとエドモンドは驚いて同時に叫んだ。

「さ、ハンス言ってみて」

フィオナに言われ、ハンスがびくびくと口を開いた。

「は、はい。昨晩、旦那様は酒場で看板娘のモナさんの手を引っ張り、自分の席に強引に座らせました。そして、麦酒とサラダ、薄切りのハムを注文しました!!　あれはきっと蜂蜜をかけても合うと思います」

「食べ物の話はいいから!!」

「は、はいっ！」

いつもは穏やかなフィオナのキツい口調に、ハンスがまたびくっとする。

ついでにカイトとエドモンドもおののいた。

俺まで怒られている気分だ……。

傍らのエドモンドの顔色は、死刑判決でも受けたかのように蒼白だ。

「そのあと、モナの肩を抱いて、キスしようとしてビンタをされました」

エドモンドがハッと自分の頬に手を当てる。別に手形など残っていなかったが、白状したようなものだ。

フィオナの緑色の目が燃えるように輝いている。まるで視線で焼き殺そうというように。

その目に射すくめられ、カイトまで硬直してしまった。

「あなた……話があるから館へ戻りましょう」

「はい……」

連行される罪人がごとくエドモンドがうなだれ、フィオナに連れていかれる。

「ハンス、ご苦労様。カイト様、彼に好きなだけ食べさせてあげてくださいな。代金はこの人につけておいてください」

そう言うと、フィオナたちが出ていった。

カイトはようやく肩の力を抜いた。

すごく緊張した。

しかし、あの真面目(まじめ)そうなエドモンドが浮気とは——。

でもそういえば、リリアの友達が来たときも、『嫁の友達に手を出すと恐ろしいことになるぞ』と忠告していたな。

あれってもしかして、自分の経験だったりするのかな……。

そう思うと、フィオナの怒りも理解できる。

「ふあー、怖かった」

ハンスがほうっと息を吐く。

「ハンス……ちょっとひどくないか？　あんな証言をするなんて」

別にエドモンドの肩を持つわけではないが、告げ口する必要はないだろうに。

ハンスがしょんぼりとうなだれた。

「すいません……でも、奥様が好きなだけピザを食べさせてくれるって言うもんで、俺……俺……」

「うん、きみが食欲に勝てるわけないよね！」

カイトは思わず納得してしまった。

さすが女性というべきか、ハンスの一番の弱点をついたわけだ。

まあ、自業自得だししょうがない。

「で、何を食べたい？」

そう言うと、ハンスが目を輝かせた。

「まずは例のアップルパイが食べたいです！」

「……あれなあ。本当だったらすぐに出せたんだけど」

そのためにせっかく朝一で作ったんだが。タイミングが悪い。

「どうしたんですか？」

「どうやら盗まれたみたいなんだよ」

「ええっ！　大事件じゃないですか!!」

ハンスがわなわなと震えだす。

「いや、そんな大事件てほどじゃないけど……何か知らない？」

「俺、ずっと店の入り口を見てましたけど、朝からカイトさんとエドモンドさん以外は誰も入っていかなかったですよ」

ハンスの言葉にカイトは首を傾げた。

「えっ……ずっと入り口を見てたの？　なんで？」

「いやー、朝起きたら腹が減って腹が減って。それで一時間前からずっと開店を待っていたんです。そうしたら、奥様から声をかけられて」

「……きみ、ちょっとストーカーっぽくて怖いんだけど」

やはり、外から聞こえた物音の正体はハンスのようだ。

だが、フィオナに声をかけられて館に入ったから見つけられなかったのだろう。

「ストーカーって何ですか!?　新しいメニューですか!?」

ハンスが勢い込んでくる。

「いや違うけど……」

だが、ハンスのもたらした情報は有益だった。

一時間前から店には誰も入ってこなかった。つまり、アップルパイができてから、入り口から入った人間はいないということだ。

つまり――。

カイトは背後を見た。犯人は裏口から侵入したということになる。

カイトは急いで裏口のドアを開けた。

足下を見たカイトはハッとした。

裏口の周辺にはパイのかけらが落ちている！

「犯人はやはり裏口を使ったんだな。ごめん、ハンス。とりあえず犯人を捜すから、ちょっと待っててくれない？」

「わかりました！」

よく観察すると、地面にはぽろぽろとパイ生地のカケラが落ちていた。

カイトは慎重に辿(たど)っていく。

裏口から出て、庭を通り抜け、村の道に出た。ヘンゼルとグレーテルのように、パイ生地のかけらがぽろぽろ落ちている。

「なんだ？　犯人は食べながら歩いているってことか？」

状況がよくわからない。

裏口から入ってアップルパイを手にして、食べながら逃亡？

さっさと家に持って帰って食べるならわかるけど、こんなに証拠を残してどういうことだ？

カイトは混乱しながらパイのかけらの後を辿っていた。

ぐるぐると村の中を回り、カイトは館の表門に着いた。

「なんで!?　なんで戻ってきてるの!?」

犯人のことが理解できない。

庭に入ると、小径(こみち)を通り、館の勝手口に着いた。パイ生地はまだ落ちている。

カイトはそっと勝手口を開け、館の中に入った。

そこは広い台所になっているが、今は誰もない。

そして、カイトは廊下に出た。どこかの部屋から、夫婦が激しく言い争っている声が聞こえる。

ああ、エドモンドも災難だな……。

カイトは階段の前に立った。

どうやら犯人は二階に上がったらしい。

「まさか――」

カイトはパイのかけらを辿って階段を上がっていった。

「やっぱり……」

パイ生地のかけらはリリアの部屋の前まで来ていた。

「入るよ」

そう言って、カイトはドアを開けた。

そこには、最後の一口を食べようとしていたリリアがいた。完全に現場を押さえた刑事の気分だ。

だが、脱力感がひどい。

「ファッ、ファイトふぁま――!!」

リリアは『カ、カイト様――!!』と言いたいようだが、口いっぱいにパイを頬張っていてはちゃんと話せるわけもない。

ぼふぁっと落ちるパイくずが、床に散らばる。

リリアの尖った耳が、ぷるぷると震えた。

「裁縫教室に行ったんじゃなかったの?!」

「す、すいません！　出がけに挨拶しようとお店に寄ったら、アップルパイが完成していて、すごく美味しそうで……思わず持ち出してしまって、でも戻そうか悩んで悩んで、ちょっとずつかじりながらぐるぐる歩いているうちに、家に戻ってしまって……で、もう一口しか残っていなかったから、食べちゃおうと思って……」

「……」

きみがつまみ食いの女王だということを忘れていたよ……。

「すいません……」

「うん……」

こうして、アップルパイ消失事件はあっけなく解決した。ちょっとでもミステリとか思っていた自分が恥ずかしくなるカイトであった。

第14話　エレオノーラ、再び

「ふう……」

カイトはそっとため息をついた。

王宮の黒い豪華な馬車に揺られるのは少し久しぶりだ。

ほぼ二、三日に一回のペースで注文していたエレオノーラだったが、ここ五日ほどは注文がなかった。

飽きたのかな、と思っていたが、急に今朝密使（みっし）がやってきた。

あの派手な黒い馬車に乗って。

「あの、ピザのご注文ですか？」

「いや、きみをお呼びだ」

「えっ？」

ピザの注文とばかり思っていたカイトは驚いた。

どうしたというのだろう。

密使は何を聞いても知らないの一点張りなので、カイトは不安を抱えたまま馬車に揺られるしかなかった。

裏の跳ね橋から王宮に入り、カイトは秘密の扉から中に入った。

そして、言われるがまま例の奥の部屋に通された。

そこにはエレオノーラがいた。

ゆるくウェーブのかかった豪奢なプラチナブロンドは腰より長く、かぶっているのは精緻な細工の黄金の冠だ。

華奢な体の線にそって優雅なラインを描く薄青のドレスは、透けるようにして刺繍が施されている。

神々しいとさえ思えるほどの、この上もなく美しく高貴な立ち姿だ。

カイトは思わず見とれてしまった。

「お久しぶりです、エレオノーラ様」

声をかけてみたが、エレオノーラはむすっと口を引き結び、不機嫌そうに眉を寄せ、その氷のような瞳で冷ややかに見つめてくる。

どうしたというのだろう。

すごくすごく不機嫌そうだ。

しばし、気まずい沈黙が流れた。

そして、ようやくエレオノーラが口を開いた。

「……カイト、私に何か言うことはないのか」

「は？」

カイトはきょとんとした。

「何か、とは……？」

問い返すカイトに、エレオノーラがぎりっと歯を食いしばる。

「とぼけおって……素直そうな顔をしてなかなかの策士じゃの」

「は？」

全然意味がわからない。

「あの、何か誤解をされているのでは……」

エレオノーラがぎりっと歯を食いしばった。

「誤解も何もない!!」

「……」

話がまったく見えてこない。

なぜ今日はピザを注文せずに俺を呼びつけたのか。

何をそんなに怒っているのか。

「あのー、何か俺、やっちゃいました？」

恐る恐る声をかけると、エレオノーラは大きく頷いた。

「うむ。だからそなたを呼んだのじゃ。まだわからぬのか？」

「はい、皆目見当もつきません」

エレオノーラが限界に達したように、地団駄を踏んだ。

「このっ……貴様はどこまでわらわに恥をかかせるのじゃ!!」

「は？」

エレオノーラの白い肌がどんどん赤く染まっていく。

ピンと尖った耳の先まで赤くなったところで、エレオノーラが腕組みをし、目をそらせた。

「……だから、アレじゃ!!」

「アレ……？」

アレって……なんだろう。ますます訳がわからない。

エレオノーラが苛々と組んだ腕を指でこつこつ神経質そうに叩いている。……なんだかあの女神様のようだな。

「……」

「……」

沈黙が流れ、とうとう耐えかねたエレオノーラが叫びだした。

「おまえはどこまで鈍いのじゃ!!」

「は……あ……」

　プラチナブロンドを派手に揺らせ、エレオノーラが怒りにまかせて手をぶんぶん振り回すのを、カイトは呆然と見つめた。

　ど、どうしたんだ。女王様ご乱心。

　ヒステリーを起こした女王様など、俺の手に負えるわけがない。助けが欲しい。

「あ、あの誰か呼んできましょうか……?」

「ええい、馬鹿者!!　絶対呼ぶな!!　人払いをした意味がなくなるではないか!!」

　エレオノーラがますますヒートアップする。

「おまえは私にどこまで恥辱を与えるのじゃ!!」

「ち、恥辱……?」

　何でそんな大仰なことになってんの?　俺、もしかして王家侮辱罪とかで牢屋にぶち込まれるの?

　エレオノーラの顔はリンゴのように真っ赤だ。

　恥じらうように頬を染めるエレオノーラは可愛かったが、状況がまったく摑めない。

「……ええい、私が言うしかないではないか!!」

　エレオノーラが大きく息を吸った。

　そして、思い切ったように口を開いた。

「例の……アップルパイとかいうやつじゃ!!」

「アップルパイ……ですか？」

きょとんとするカイトの顔を目がけて、花瓶が飛んできた。

「うわあああああ!!」

カイトはかろうじて花瓶をよけた。壁にぶつかった花瓶が派手な音をたてて砕ける。

「ええい、私の口から言わせおって！　こんな辱(はずかし)めを受けるのは初めてじゃ!!」

「はあ？」

なんでアップルパイが恥辱の言葉になってるんだよ？　意味がわからない!!

「とりあえず、近くにあるものを投げるのやめて!!」

投げるものがなくなり、窓のカーテンまで引っ張りだしたエレオノーラをカイトは必死で止めた。

「あの、アップルパイがどうかしたんですか……？」

いったい何がそんなに気に入らないんだろう。

「どこまで私を愚弄(ぐろう)するつもりじゃ!!」

エレオノーラが憤然とした。

「私になぜ知らせない……!!」

「えっ……」

カイトは戸惑った。

「アップルパイを始めたことをですか……？」

「そうじゃ!!」

「え、だって……」

デザートを希望していたベリンダには伝えて、すぐに配達した。

そうか、ベリンダからアップルパイのことを聞いたのか。

確かに最近注文がなくてアップルパイのことを伝えそこねていた。

しかし、なんて素直じゃない女王様なんだ。

カイトは仕方なく言った。

「もしや……食べてみたいとか……？」

「まっ、まあ、おまえが私にどうしても食べてほしいと言うのならば、やむをえんな!!　今すぐ持ってくるがよい！」

エレオノーラがツンと顔をそらせる。

「すいません……それはできません」

「!!　なんじゃ！　私には食わせないというのか!!」

エレオノーラがたまりかねたように叫ぶ。

「もう今日の分は全部売り切れてしまったんです」

アップルパイは大人気で、予約分でなくなってしまったのだ。

エレオノーラの顔に落胆が浮かぶ。今にも泣きだしそうに目が潤んでいる。

「ですから、明日の朝、作りたてをお持ちしますね」

その言葉を聞くなり、エレオノーラの顔がぱあっと輝いた。

そして、すぐさま渋い表情になり、咳払いをする。

「うむ。おまえがぜひにとも、と言うのならば食するのもやぶさかではない」

「はい、ぜひお願いいたします」

カイトは笑いを堪えるのに、自分で自分の足をつねるしかなかった。

素直じゃないなあ。

でも、こんなに楽しみにしてもらえるのならば、作り甲斐もあるというものだ。

「で、何時頃来るのだ?」

ちらっ、ちらっ、とこちらを見るエレオノーラにカイトは笑顔を向けた。

「朝一番にお届けしますよ」

「ボーナスアイテム……？」

カイトはアイテム袋から出したカードをまじまじと見つめた。

朝起きたらまずアイテム袋をチェックするのが習慣になっている。

そうしたら、見慣れぬカードが出てきたというわけだ。

「それは何ですか？」

リリアが無邪気に聞いてくる。

何気なくカードを裏返したカイトは、そこに書かれている文字に驚愕(きょうがく)した。

「コ、コーラ!?」

「コーラ？」

リリアがきょとんとする。

「コーラ……まさか、本当に？」

この世界に来て、もう二度と飲めないと思った。

魅惑の飲み物、コーラ――。

「何でそんなに驚いているんですか？」

「え、だって……」

基本的に水やお茶を飲み、甘い飲み物といえばフルーツジュースというこの国で、あの邪悪で甘美な飲み物であるコーラを飲めるなんて。

ごくり。

カイトは思わず唾を飲み込んだ。

自分はいい。飲み慣れている。

だが、エルフたちには刺激が強すぎるのではないだろうか。ここは俺だけで――。

「カイト様、大丈夫ですか？」

「いやっ、何でも!!」

カイトは慌てて邪念を振り払った。

「えーと、ミッションをクリアしてコーラをゲットしよう！」

そこに書かれていたミッションは、『この世界の食材を使って美味しいピザを作ろう!!』だった。

「……」

もしや、クラーケンのピザを作ったから、このミッションが出てきたのではないだろうか。

あれもこの世界ならではの食材だ。

だが、また新たに作らねばならないらしい。

「この世界ならではの食材か……」

一瞬頭に浮かんだのはドラゴンの存在だ。あれこそ、この世界ならではの食材。

だが、食べられるかわからないうえ、王宮の兵士ですらかなわないというモンスターを倒せる気がしない。

ここはもうちょっとライトな食材を使うべきでは？

この国は農作物が豊富だ。きっと何かあるに違いない。

「リリア、何かピザに合うような食材ってない？」

「……トマト？」

「うん、それはもう使ってるよね？　何か新しい食材!!」

「……リンゴ？」

「うん、それはアップルパイの材料だね。もういいや」

リリアは相変わらず残念な子だった。

カイトは食材探しに出ることを決意した。

……正直に言おう。俺は今、すっごくコーラが飲みたい!!

あの舌をびりびりさせる、美しい飴色の炭酸飲料が飲みたいのだ!!　しゅわわわっという音を聞きたいのだ!!

よし、頑張るぞ!!

＊

カイトはリリアを連れて食材探しの散策に出た。

畑には様々な作物が植えられている。

「リリア、あれは？」

「キャベツですね」

「リリア、あれは？」

「じゃがいもですね」

ダメだ。普通の食材だ。

やはり普通に畑で栽培されているものはダメか。

カイトは道沿いにある、奇妙な葉っぱのついた植物を見つけた。

この形……人参に似ている。下に野菜が埋まっているのでは？

「リリア、これは？」

「それはマンドラゴラです」

リリアがあっさりと恐ろしい名前を口にした。

「マ、マンドラゴラ？」

あの恐ろしい伝説の植物？　引き抜くときに絶叫を上げ、人を死にいたらしめるという――。

この世界ならではの食材だな。

だが――。

「これ、どうやって取るの？」

「取らないですよ。だって美味しくないから」

リリアがあっさりと言う。

「そうなの!?　食べた人いるの？」

「以前、ハンスが間違えて引き抜いて大変なことになりました」

「ハンスが？　た、大変なことって……」

カイトはごくりと唾を飲み込んだ。ハンスがお馬鹿なのは、もしやマンドラゴラの後遺症!?

「マンドラゴラの悲鳴に驚いて、川に落ちて流されたんです」

「ああ、そういう大変なことね……」

カイトはホッとした。そこまで恐ろしい話ではなかった。

「珍しい食材ですので食べてみようということになったんですが、どんなに煮ても焼いても固いしまずい。なので誰も取りません」

「なるほど」

さほど危険はないようだが、美味しくないのであればしょうがない。

カイトは周辺を見渡した。

珍しい食材であれば、村で探しても難しいかもしれない。

「ちょっと森の方に行ってもいい？」

「はい」

リリアがあっさり頷く。ということは、あまり危険ではないのだろう。

都会育ちのカイトはあまり自然に慣れていない。

おっかなびっくり、森に足を踏み入れる。

「リリア、道はわかる？」

「この辺りの森でしたら大丈夫です。更に奥に行くのであれば、プロの案内人とそれなりの装備品が必要になります」

「あっ、手前で大丈夫！」

昼間の森は太陽の光が差し込んで明るく視界が開けている。

慣れているリリアが一緒ということもあり、カイトは緊張せずに森を進んだ。

だが、普通の木々と雑草ばかりで食べられそうなものがない。

何か木の実とかキノコとかあるといいんだが。

そのとき、頭上でバサバサッと大きい羽音がした。そして、ビリビリッという音がし、光が煌めいた。

カイトがぎょっとして見上げると、二メートルはあろうかという大きな鳥がはるか頭上を飛んでいった。

「な、何あれ」

「珍しい。サンダーバードですわ」

「サ、サンダーバード？」

「はい」

「えっ、サンダーバードってもっと巨大な鳥かと……」

「この国にいるサンダーバードはあれくらいです。地域によって違うみたいで」

「やっぱり珍しいの？」

「この辺りでは。通常は奥の森に棲息しています」

カイトは直径一メートルはありそうな太い大木を見上げた。

葉や枝が重なっていてよく見えないが、何やら巣のようなものがある。

「ねえ、あれってサンダーバードの巣かな？」

「そうですね」

「卵があるの？」

「たぶん」

ピコーンと頭の中で何かが鳴った。

サンダーバードの卵を使ったピザ!!

いいんじゃない？　異世界っぽいんじゃない？

サンダーバードなんてとても狩れそうにないけど、卵なら何とかなるんじゃない？

これでミッションクリア、コーラをゲットだ。

「リリア、木に登れる？」

「あまり得意ではありません。それに服が……」

「あ……」

リリアは膝丈のスカートを穿いている。その下は生足だ。

「わかった！　俺が登ります!!」

「大丈夫ですか？」

「……わからない!!」

木登り――遠い遠い昔、小学生の頃にやったようなやらなかったような、そんな記憶しかない。

だが、登らなければ卵は手に入らない。

カイトはがっと木に手をかけた。

一番近い枝へと手を伸ばす。

伸ばした手と支えている足がぷるぷると震える。

「うっ……」

ずるっと足が滑り、カイトは地面にどすんと尻餅(しりもち)をついた。

「ああ……」

ダメだ。木登り一つできやしない。

カイトはがっくりと膝をついた。

「カイト様、大丈夫ですか？」

「やっと珍しい食材を見つけたと思ったのに……」

「そんなに卵がほしいんですか？」

「うん、卵というか、サンダーバードの卵ね。この世界ならではの珍しい食材でしょ？　親鳥は強そうで捕まえられないからさ、せめて卵だけでもと」

「……親鳥でもいいんですか？」

「うん、鳥肉のピザって美味しそうじゃない？」

「ちょっと待っててください」

リリアが元来た道を走っていく。

カイトはため息をつき、木にもたれた。

いいアイディアだと思ったんだけどなあ。

しばらくして戻ってきたリリアの手には木で作った弓と矢があった。

「え？」

「巣に戻ってきたところを仕留めます」

「えっ、えっ」

おろおろしているカイトとは対照的に、リリアはとても落ち着きながらサンダーバードを待っている。

やがて大きい羽音と雷鳴が聞こえた。

リリアがすっと弓に矢をつがえ、翼を広げるサンダーバードに向けた。

カイトは呼吸を止め、リリアの勇姿を見守った。

すっとリリアが矢を放つ。

「ギエエエエエエ!!」

凄まじい悲鳴とともに、サンダーバードが落ちてきた。

その矢は喉を正確に貫いていた。

「えええええええええ」

カイトは目の前に横たわるサンダーバードを呆然と見つめた。

こんなに簡単に手に入るなんて。

「リリア、すごいね!!」

「そうですか？　皆弓は使えますよ」

「そうか、エルフって弓が得意だったね……」

それにしてもすごい。

二人はサンダーバードを持って帰った。

サンダーバードをさばくのはリリアがやってくれた。バリバリと羽をむしり、血抜きをしていく。

見ていた感じでは、鶏をしめるのに似ている。

以前なら怖かっただろうが、今はサンダーバードの肉が楽しみでならない。

「どうぞ!!」

リリアから渡されたサンダーバードの肉を、カイトは食べやすい大きさにスライスした。

さっとボイルをして、オリーブオイル、パージ、ハナハッカ、塩こしょうを揉み込む。

生地を成形すると、トマトソースを塗る。その上にサンダーバードの肉のスライス、そして食感のいいキノコ、上にチーズをのせたらできあがりだ。

オリーブオイルをかけ回し、窯に入れる。

「できた!!」

カイトは焼き上がったピザをリリアの前に置いた。

「鳥肉のピザ、サンダーバードスペシャルです!!」

二人はピザを手にした。

「いただきます!!」

口に入れると香ばしい鳥肉の味が広がった。

「うん、美味しい!!」

「わあ、サンダーバードの肉ってこんなに美味しいんですね!!」

「ササミみたいにあっさり淡泊なのに、やっぱり肉だねー。ボリューム感があるよ!!」

思ったよりずっと美味しい鳥肉のピザができた。

肉はやわらかく、しっかり下味がしみていて臭(くさ)みもない。

「はふう……」

二人はあっという間に鳥肉のピザを食べ終えた。

そのときだった。

ピカッとテーブルの上が光ったかと思うと、ペットボトルに入ったコーラが出てきた。

「わあああああコーラアアアアアア!!」

コーラのペットボトルを手にしたカイトは思わず踊ってしまった。

「カイト様、大丈夫ですか?」

「リリアありがとう!　きみのおかげだよ!」

カイトはグラスを二つ出すと、コーラを注いだ。

「ぜひ、一緒に味わって!!　きみと飲みたい」

「これがコーラですか……綺麗な飴色ですね」

黒褐色をした泡立つ飲み物を、リリアが興味深そうに見つめる。

「これはお酒ですか？」

「ううん、炭酸飲料。刺激が強いから気をつけて」

リリアが恐る恐る口をつける。こくんと喉を鳴らして飲む。

「!!」

リリアが慌ててグラスを口から離した。

「な、何ですかこれ……しゅわしゅわする!!　すっごく甘くて美味しい!!　こんな飲み物初めてです!!」

「でしょでしょ!!　はあ、コーラ最高……」

カイトはゴッゴッとコーラを飲み干した。

「ぷはあ。喉越しがいい……」

今日は記念すべき、コーラと異世界グルメの交流の日だ。

サンダーバードの肉とコーラ。

この摩訶不思議な組み合わせに乾杯。

カイトとリリアは微笑み合い、もう一度グラスを打ちつけた。

お店の建築は順調に進んでいる。

できあがったら、この店を出て――といっても敷地は隣なのだが、引っ越す予定だ。

「う――ん……」

カイトには一つ気がかりなことがあった。

つまり、お世話になっている領主の館を出ることになる。

そうなると、リリアのことをどうするかという問題が出てくる。

なぜかリリアは婚約者ということになっている。

新しく住まいができたなら、俺はどうすればいいんだろうか。

リリアを連れていく――？

でも、そうしたら結婚するのが確実になってしまう。最近はどこに行くのも一緒で、楽しいことは楽しいし、それが自然になっている。

でも、結婚する覚悟があるかというと――。うーん……あるような、ないような……。

「カイト様！」

いきなり店にリリアが飛び込んできて、悩んでいたカイトはびくっとした。

「な、ななな何？」

「ハンスが怪我をしたそうです!!」

「えっ……」

また転んだのだろうか。彼はかなりのドジっこだからなあ。

「木を切りに森に入ったらドラゴンに遭遇したみたいで!!」

「ええっ!!」

*

ハンスの大好きなアップルパイを作り、カイトはリリアと共にハンスの家に向かった。

「ハンス、大丈夫!?」

扉を開けると、いつもと変わらないハンスがいた。

「勇者様!!」

ソファに腰掛けていたハンスが立ち上がる。

すっかり寝込んでいるかと思ったが、普通に元気だ。多少顔や手に擦り傷があるくらいか。

「あの……ドラゴンに遭遇したんだって？」

「……そのカゴに入っているものはなんですか？」

「あの、そんなことよりドラゴン……」

「その中身はなんですか？」

ハンスの目はじっとカゴに向けられている。底光りしていて怖い。

「怪我は……」

「何が入ってるんですか？」

ハンスがぐいぐいと押してくる。その目はもうカゴしか見ていない。

これは、ダメだ。

「お見舞いのアップルパイだよ」

「じゅる」

「……はいはい、わかりました。まずは食べてからね」

アップルパイを皿にのせると、ハンスがすごい勢いで蜂蜜をかける。

「ふっはあああ……美味しい……とろっとろのリンゴにサクサクのパイ……」

「……喜んでもらえて良かったよ」

口の周りを蜂蜜だらけにしながらハンスが食べ終わるのを、カイトはじっと待った。

「は――――、ご馳走さまでした」

「ところで、ハンス。ドラゴンと会ったときのことを教えてもらえる？」

「はい、いつもの通り森に入って木を切っていたんです」

「森って奥の？」

「いえ、手前の」

自分たちがサンダーバードを狩ったあの森か。つまり、思ったよりも村の近くで遭遇したということだ。

「いきなりズシ——————ンと凄（すご）い地響きがして、気づいたらすぐ近くにドラゴンがいました」

「……」

「やー、本当に大きいんですね、ドラゴンって。もうパニックになって」

「うんうん」

自分がもし森でヒグマに遭遇したら、きっとパニックになるだろう。それのもっと大きい版だ。

「逃げようとしたんですが、足がもつれて。ゴロゴロと転がったら、そこに斜面があって滑り落ちて——」

「ああ、そこで怪我をしたの？」

「はい、でも幸い転がり落ちたところから村が近くて逃げてきました」

「よかったね……」

ハンスは悪運が強いようだ。

「それで、ドラゴンが村の近くに現れたわけだけど、どうなるの？」

「う――――ん、一応皆警戒して鍋を持ってますね」

「鍋？」

「鍋を固いもので叩いて音を出すんです。それをドラゴンが嫌がるとか何とか……」

「熊よけの鈴みたいなもんか。でも、本当にドラゴンに効くの？」

「わかりません!!」

「あ、そう……」

思ったとおり、大した対策は講じられていないようだ。

このまま山に帰ってくれればいいが、もし森から村に来るようだと大変だ。

「よし。エレオノーラ様に兵士を借りられるよう頼んでみるよ」

「兵士ですか？」

「エレオノーラ様に!?」

ハンスとリリアが驚いたようにカイトを見た。

「うん。もしドラゴンが村に来て、万一人を襲ったときに守ってくれる兵士がほしい」

「でも、ウチの国の兵士弱いですよ!!」

「たぶん、あまり頼りにならないかと!!」

ハンスとリリアから、とても悲しい発言が飛び出す。

「うん、でもまあいないよりマシだと思うから。リリア、王宮まで馬車で送ってくれる？」

「……」

二人はハンスの家を出た。

リリアは無言のまま歩いている。

「リリア？　どうかした？」

「……だって、エレオノーラ様のところに行くなんて」

「えっ、何で？　彼女が国のトップなんだし、話が早いだろ？」

「私だって弓が使えます!!」

「いやいや、そんな危ないことさせられないよ。プロの兵士に任せよう？」

頼りにならないプロのようだが。

「本当はエレオノーラ様に会いたいだけなんじゃないですか？」

「ん？　何か言った？」

「何でもありません!!」

膨れっ面をしながらも、リリアは荷馬車を出してくれた。

門番に話をすると、あっさり門を開けてくれる。やはり防衛もルーズと言わざるをえない。

部屋に案内されると、エレオノーラと一緒にベリンダもいた。

「ベリンダさん、お久しぶりです」

「あら、カイト様。珍しいところで会いますわね。どうなさったの?」

ベリンダの背後で、エレオノーラが必死に唇に人差し指を当てている。

何か内緒にしてほしそうだが……はて。

「ピザの配達かしら? まさかね。エレオノーラ様はピザにご興味がないようだし」

「えっ」

カイトは驚いてエレオノーラを見た。エレオノーラは凄まじい形相で、口に指を強く強く当てている。今にも『し――――っ!!』という声が出そうだ。

……まさか見栄を張って、ピザに興味がないとかベリンダに言っているのか。

まったく天の邪鬼な女王様だ。

「もちろん、ピザの配達ではないです」

カイトの言葉に、ようやくエレオノーラがホッとしたように表情を緩めた。

「村の近くでドラゴンが出たので、兵士を貸してほしいのですが」

「そうか、そんな時期か……」

二人は慣れているようで、特に驚きもしなかった。

「どうする、ベリンダ」

「そうですね。まずは見張りとして、兵士を二人ほど派遣することにしましょうか。いきなり大勢で行っても混乱するだけですし」

「わかった。すぐに兵士を二人向かわせる。馬で行けばすぐであろう」

「ありがとうございます！」

やはり女王は話が早い……。

ホッとしたカイトは裏門に戻った。

「あれ？」

カイトはきょろきょろと辺りを見回した。待っているはずのリリアと荷馬車がない。

「あの、リリアは？」

門番に尋ねると、困った顔になった。

「それが、用があるから先に帰ると。カイト様には別に馬車を用意しておりますので」

「……」

何か嫌な予感がする。

「すいません、急いで村まで!!」

黒い馬車に揺られながら、カイトは気が気ではなかった。

館に戻ると馬車から飛び降り、カイトは家中を捜し回った。

「リリア――――!!」

だが、部屋にリリアはいない。

カイトは一階に降り、台所に飛び込んだ。

「カイト様、どうなさったんです？」

台所で料理を作っていたフィオナが驚いたように振り返ってきた。

「あの、リリアを知りませんか？」

「リリアなら、さっき出かけましたよ。弓を持って」

「えっ……」

弓を持って!?

——私だって弓が使えます!!——

リリアの言葉が蘇る。

まさか——。

「リリア!!」

カイトは館を飛び出した。

リリアがドラゴンを倒す、もしくは追い払おうと考えたのであれば、森に行ったはずだ。

カイトは必死で道を駆け抜け、森に飛び込んだ。

「リリア————!!」

必死で叫びながら、森の中を走り回る。

「ゲホッ、ゴホッ!!」

喉(のど)が嗄(か)れ、息が苦しくなり、心臓が悲鳴を上げて、カイトはようやく足を止めた。

「あ……」

気づくとカイトは森のど真ん中にいた。

地理に詳しいリリアもおらず、しかも何の武器も持たずに。

「あらららら」

これは——もしや、二重遭難ってやつじゃない？

俺の方がピンチじゃない？

森の中は静かで、日の光が木々を優しく照らしている。

だが、いつドラゴンが出てきてもおかしくない。

不安と恐怖で胸がドキドキする。

そのとき、ガサッと茂みの奥で音がした。

「ひいっ!!」

振り返ったそこには、弓を構えたリリアがいた。

「リ、リリア!!」

「カイト様、なんでここに——あっ」

気が抜けたリリアの手が弓の弦(つる)から外れ、矢がひゅっと飛んできた。

「わあああああああああ」

カイトの頬をかすめ、矢が飛んでいく。そしてストンと近くの木に刺さった。

「カイト様!! ごめんなさい!!」

へたへたと崩れ落ちたカイトに、リリアが駆け寄ってきた。

「本当にすいません!! うっかり!!」

「ああ、もう……」

カイトはそっとリリアに手を伸ばした。そのすべすべの白い頬に手を当てる。

信じられないくらい無鉄砲でドジでアホで、本当に目が離せない。

でも、俺はこの子に惹(ひ)かれているんだ。

無我夢中で武器も持たず、ドラゴンのいる森に助けに行ってしまうほど。

カイトはようやく自分の気持ちを自覚した。

「俺が一番アホか……」

そう思うと笑いがこみ上げてくる。

「カイト様?」

リリアが心配そうに見つめてくる。

「リリア、まだちょっと先だけど俺の店ができるんだ」

「……はい」

「一緒にそこで俺と店をやらない?」

　リリアの緑色の目が大きく見開かれた。その目が潤んでいく。

「それって……」

「うん、プロポーズ」

　リリアが感極まったように震えだした。

「嬉しいです……」

「俺頑張って、例の花を取ってくるよ。ブルーベルとホワイトベルだっけ?」

「はい……」

　リリアは涙を浮かべ、こくりと頷いた。

「だから、こういう無茶はもうしないで?」

「わかりました」

　リリアが嬉しそうに微笑む。

「じゃあ、帰ろうか。ドラゴンに出会ったら洒落にならない――」

　そう言ったときだった。

　村の方から悲鳴と金属音が聞こえてきた。

　カイトとリリアは顔を見合わせ、村に向かって走りだした。

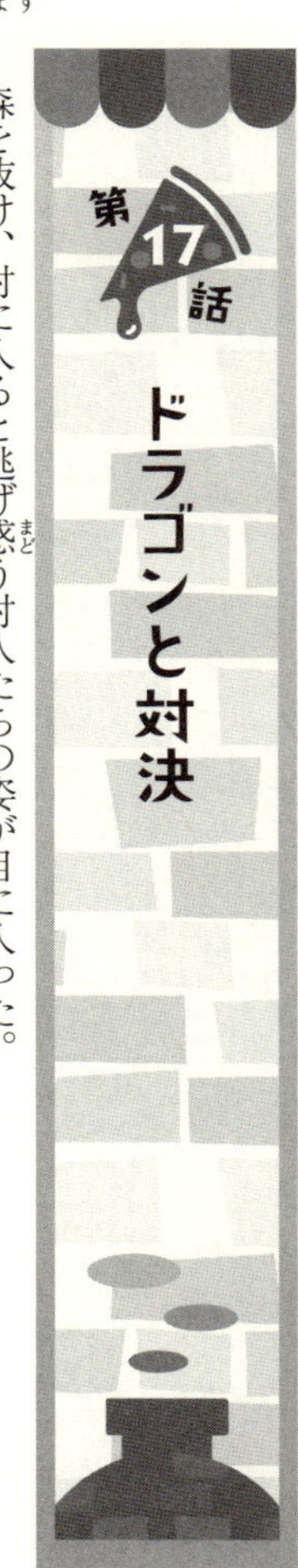

森を抜け、村に入ると逃げ惑う村人たちの姿が目に入った。

「どうしたんですか⁉」

「ドラゴンが村に!!」

「!!」

最悪の事態だ。

「王宮の兵士は？」

「ハンスの家に向かってます!!」

「なんでハンスの家？」

カイトは呆然とした。

ハンスが狙われているのか？

「とにかく、助けに行こう。リリア、きみは館に戻って家族と避難して!!」

「いやです!!」

リリアがきっぱり言った。

「私はカイト様の妻です。だからカイト様のおそばでカイト様をお守りします!!」

キリッとそう言い切るリリアは、とても凛々しく頼りになった。

そうだよな。弓も使えるし、ハイカロリー勇者の俺よりもよっぽど強いだろう。

「わかった!!　ハンスを助けに行こう!!」

カイトとリリアは逃げ惑う人たちを避けながら走った。

「あっ!!」

遠くの方に巨大なドラゴンの姿が見えた。

この辺りの建物は高くても二、三階程度なのでよく見える。

ダークグリーンの鱗を持ったドラゴンだ。

ちょうどハンスの家の前にいる。

「ハンス、無事でいてくれ!!」

王宮の兵士らしき槍を持った二人がいた。

「あのっ、ハンスは?」

「家の中にいます!!」

「ドラゴン、倒せます?」

「無理です!!　ちょっと見張りを頼まれただけで、槍と剣しかないので!」

兵士たちがきっぱりと頼りない発言をした。

確かにこんな槍程度でドラゴンは倒せそうにない。

「追い払えますか？」

「さっきから金物を叩いたりしているんですが、まったく効果がありません」

言われてみれば、ハンスを助けようと集まった村人たちの手には鍋ややかんがある。

「ドラゴンは何をしてるんですか？」

「わかりません、じっと家を見ているんですが……」

そのとき、家の窓からハンスが顔を出した。

「カイト様!!」

「ハンス!!」

どうしたらいいんだろう——焦るだけでいい考えが何も浮かばない。

そのとき、開いた窓に気づいたドラゴンがぐっと顔を近づけた。

「わ————————!!」

ハンスがのけぞった。

「ハンス!!」

そのとき、ハンスが思いがけない反撃に出た。

いつも持っている蜂蜜の瓶をドラゴンの顔めがけて投げつけたのだ。

「ああっ」

瓶はドラゴンの鼻先に当たり、庭に落ちた。

「ダメだ!! ドラゴンを刺激したら!!」

兵士の顔が青ざめる。

そのとき、ドラゴンがのっそりと動いた。

そして、庭に落ちた蜂蜜の瓶に顔を近づける。割れてしまった瓶から流れた蜂蜜を、ぺろりとなめた。

ぐ————っ、という音がドラゴンの腹から聞こえる。

「ん?」

ドラゴンはよく見るとガリガリに痩せていて、骨が浮き出ている。

「もしかして腹がすいてるの?」

ハンスの家に来たのも、森で会ったハンスを追ってきたのではなくて、彼の持っている蜂蜜に引かれたのではないだろうか。

「ハンス、ちょっと待ってて!!」

カイトは店に向かって全速力で走った。リリアもついてくる。

店に入ると、カイトはピザ生地を出した。

「リリア、どんどん成形していって!!」

「はいっ!!」

ずっと傍らで見ていたリリアが見事な手さばきで生地を伸ばしていく。

その生地に、カイトは猛スピードでトッピングしていった。

「よし!!」

ピザを焼くと、カイトは皿にのせてハンスの家に戻った。

ドラゴンはまだ地面に落ちた蜂蜜をなめている。

カイトはごくりと唾を飲み込んだ。

これは危険な賭けだ。

でも、俺はピザの勇者なんだ。ハイカロリー勇者なんだ!!

これで、ハンスを助ける!!

ゆっくりドラゴンに近づいていくカイトを、周囲が固唾を呑んで見守る。

カイトはそっとドラゴンのそばに皿を置いた。

ふわっと香ばしい匂いが漂う。

ドラゴンが凄い勢いで振り向いた。

「わっ!!」

「カイト様!!」

リリアがカイトをかばうように抱きついてくる。

「リリア!!　危ないから下がってて!!」

クンクンクンクン。

ドラゴンが慎重にピザの匂いをかいでいる。初めて見る食べ物に警戒しているようだ。

だが、食欲には勝てなかったようで、ばくりと一口で食べた。

「!!」

ドラゴンの尻尾がピンと立った。

くすんでいたダークグリーンの鱗が、見る見る明るい色に変わり、光沢(こうたく)と艶(つや)が出てきた。

「もっとほしい?」

人間の言葉がわかるのか、ドラゴンがこくりと頷(うなず)く。

「ちょっと待ってて!!」

*

カイトが急いで作ったピザを二十枚食べたドラゴンは、とても満足げに目を細めた。

ガリガリだったお腹(なか)がパーンと張っている。

「お腹がすいたらまた食べにおいで」

カイトがそう言うと、ドラゴンの目に感謝の色が浮かんだ気がした。

そしてドラゴンは大きく羽を羽ばたかせると、山の方へと飛んでいった。

「ふう……」

カイトがほっと一息ついたとき、わあああああっと大歓声が響いた。

「えっ!!」

村人たちが笑顔で駆け寄ってくる。

「カイト様!!」

「すごい、さすが勇者様だ!!」

「犠牲者を出さずにドラゴンを帰した!!」

「ありがとうございます!!」

歓喜する人々に囲まれ、カイトはあたふたした。

「ガイドざま――――」

人々を押しのけ、ハンスが駆け寄ってきた。その顔は涙と鼻水でぐちゃぐちゃだ。

「あじがどうございまず――――!!」

べちゃあっと嫌な音を立てて、ハンスが抱きついてきた。涙と鼻水をカイトになすりつけるかのように、ぐいぐいと顔を押しつけてくる。

うん、帰ったら服を洗濯に出さなくてはいけないな！

「無事でよかったハンス!!」

背中を叩いてやると、安心したのかハンスが号泣し始めた。

「あはははは」

カイトはハンスの背中を撫でながら、思わず笑いだした。

本当に俺、勇者みたいだなー。

この世界に来たときには、まさかこんな満ち足りた気分が味わえるなんて思いもしなかった。

カイトは傍らで寄り添うリリアに微笑みかけた。

「素晴らしいぞ、カイト!!」

「エレオノーラ様!!」

背後から名前を呼ばれ、カイトは驚いた。いつの間にか多数の兵士を従えたエレオノーラがいた。

「ど、どうして……」

「心配になっての。応援に来たのじゃが、見事であった!!」

「ありがとうございます」

「うむ、さすが勇者というだけはある。……これなら我が夫にもふさわしいかもしれん」

「えっ？　何ですか？　最後の方、聞こえなかったんですけど」

「いや、何でもない。今後のことをちょっとな」

「？」

「あっぱれ、ハイカロリー勇者よ!!」

エレオノーラの一言に、また観衆たちがわっと沸き、拍手が起きた。

＊

「うわっ!!」

翌朝、店に行こうとしたカイトは驚いた。

なんと店の前に、昨日のドラゴンがどっしりと座っていたのだ。

「ど、どうしたの？　またお腹すいた？」

すると、ドラゴンが口にくわえていた光る黄金の宝剣をぽとりとカイトの足下に置いた。

「え、何これ……もしかして、お代？」

ドラゴンがこくりと頷く。

「はいはい、ちょっと待ってよ。すぐ焼くから」

カイトはピザ屋の看板を出した
異世界での、勇者のピザ屋の朝が今日も始まる。

了

あとがき

初めての異世界ものです。

おそらく「なんでピザなの？」と思われた方もいらっしゃるでしょう。

特に大した話でもないのですが、一応このお話を作ったきっかけを記しておきます。


とあるカフェで新作の打ち合わせをし、異世界スローライフものを書くことになりました。

スローライフ……いい響きです。最高です。だいぶ疲れていた私は、楽しく書けそうだとわくわくしました。

せっかくなので、職業ものにしようと思ったのが始まりでした。

「やっぱり飲食店が楽しそうでいいですよね……」

私は美味しいものが大好きです。

「レーベル的に男性読者が多いので、男性が好きなものがベターですよね。えーっと、ラーメン、焼肉、寿司、牛丼、カレー、ハンバーガー……」

男性の好む食べ物を挙げてみましたが、どれもピンときません。書き始めるには、自分の中でしっくりくるキーワードが必要です。

そのときふっと、とある知人男性との会話を思い出しました。

彼が高校生のときに、学校をサボって家でピザを作ったという話です。

「なんで学校をサボってピザを作ったの?」

「覚えてない……なぜ俺はピザを……」

というようなオチのない話だったのですが、とても印象的で私の中に『男子高校生とピザ』というキーワードが残っていました。

「ピザ……ピザはどうでしょう!」

ちょっとお洒落だし、いろいろ話も広げられそうだし、何より自分が書いていて楽しそうだと感じました。男性の好きな食べ物かどうかは――うん、みんな美味しいピザ好きだよね!

担当さんのOKをもらい、書き始めたのがこの話です。


連作短編形式のお話を書くことになったので、海外ドラマのシチュエーションコメディのようにできればと考えました。

一つ一つは短いお話ながら、ちゃんとオチがあって楽しめて、物語自体に大きな流れがあって、最後はそこに収束するというイメージです。

イメージした通りのお話になったと思うのですが、いかがでしょう?

コメディはやっぱり書いていても読んでいても楽しいです。皆さんにも楽しんでいただけたら嬉しいです。


それでは謝辞を。

いつもながら的確なアドバイスをくださる担当様、おかげでいい作品に仕上がりました。『女子寮〜』から引き続き、お世話になっております。

イラストのシソ様、美味しそうなピザやイメージぴったりのキャラをありがとうございました! イラストが上がってくるのが楽しみで、もっともっと見たかったです。

デザインはずっとお仕事をしてみたかった、ムシカゴグラフィクスさんです。百足屋(むかでや)ユウコさん、アオキテツヤさん、キュートでカラフルなデザインをありがとうございます。

そして、読者の皆様に感謝を。

またお会いできますように。

2016年12月

城崎火也拝

この作品の感想をお寄せください。

あて先　〒101-8050　東京都千代田区一ツ橋2-5-10
集英社　ダッシュエックス文庫編集部　気付
城崎火也先生　シソ先生

ダッシュエックス文庫

勇者ですが異世界で
エルフ嫁とピザ店始めます

城崎火也

2017年1月30日　第1刷発行

★定価はカバーに表示してあります

発行者　鈴木晴彦
発行所　株式会社　集英社
〒101−8050　東京都千代田区一ツ橋2−5−10
03(3230)6229(編集)
03(3230)6393(販売／書店専用)　03(3230)6080(読者係)
印刷所　図書印刷株式会社

ISBN978-4-08-631169-4 C0193

ダッシュエックス文庫

文句の付けようがないラブコメ
鈴木大輔
イラスト／肋兵器

文句の付けようがないラブコメ２
鈴木大輔
イラスト／肋兵器

文句の付けようがないラブコメ３
鈴木大輔
イラスト／肋兵器

文句の付けようがないラブコメ４
鈴木大輔
イラスト／肋兵器

〝千年生きる神〟神鳴沢セカイは幼い見た目の尊大な美少女。出会い頭に桐島ユウキが言い放った求婚宣言から2人の愛の喜劇が始まる。

神鳴沢セカイは死んだ。改変された世界で、ユウキはふたたび世界と歪な愛の喜劇を繰り返す。諦めない限り、何度でも、何度でも——。

今度こそ続くと思われた愛の喜劇にも、決断の刻がやってきた。愛の逃避行を選択した優樹と世界の運命は…？　学園編、後篇開幕。

またしても再構築。今度のユウキは九十九機関の人間として神鳴沢セカイと接することに。大反響〝泣けるラブコメ〟シリーズ第４弾！